김겨울

글과 음악 사이, 과학과 인문학 사이, 유튜브와 책 사이에 서서 세계의 넓음을 기뻐하는 사람. 유튜브 채널 '겨울서점'을 운영하고 MBC FM 「라디오 북클럽 김겨울입니다」 DJ로 활동 중이다. 음반을 몇 장 냈고 종종 시를 짓는다. 『독서의 기쁨』, 『활자 안에서 유영하기』, 『유튜브로 책 권하는 법』 등의 책을 썼다.

책의 말들

책의 말들

다른 세계를 상상하고
공감하기 위하여

김겨울 지음

추천하는 말

김겨울은 책을 열렬히 사랑한다.

　너무나 사랑한 나머지 다른 이들까지 책의 세계로 끌어들이려고 말하고, 보여 주고, 온갖 감각을 동원해 좋아하는 그 마음을 타인에게 전염시킨다. 나는 평소 김겨울의 책에 대한 사랑을 자주 접하지만 『책의 말들』을 읽으며 비로소 생각했다. 그의 애정은 다른 무엇보다도 김겨울이 사랑하는 대상, 책이라는 이 사각사각한 질감 위에서 가장 잘 만져지는 것 같다고.

김겨울이 그러모은 책의 말들을 읽다 보면 내 안에 잠들어 있던 책벌레의 마음이 깨어난다. 100권의 책에서 가져온 100개의 문장은 얼른 침대 옆에 쌓여 있는 책들을 펼치라고, 당장 방치된 책장 앞에 가서 서라고 나를 흔든다. 책을 사랑하는 이들이 공유하는 어린 날의 어떤 고독하고 충만한 풍경을, 서늘하게 밝아 오던 창문 앞에서도 도저히 책을 덮지 못해 무력하던 새벽녘을 떠올리게 한다. 그가 고른 어떤 문장들은 원래 책의 조각들을 잘 담고 있지만, 또 어떤 문장들은 책의 맥락과 뚝 떨어진 채로 그저 놓여 있다. 하지만 책을 사랑하는 사람들이라면 이미 안다. 독서는 지나치게 개인적인 행위여서 가끔은 내가 가장 사랑하는 문장이 실은 그 책에서 가장 무쓸모한 문장일 때도 있다는 것을.

김겨울이 모은 이 지극히 개인적인 문장들이 마음에 든다. 마치 페어 카드처럼 마주 놓인 그의 단정한 생각들도. 고개를 끄덕이고 공감하고 또 줄을 그으면서 읽었다. 그가 의도한 것처럼, 처음의 흔적을 잃은 '원래의 책에서 유래한 원자들'은 다시 나의 폐포를 통과해 또 다른 독서 연대기를 펼쳐 놓는다. 애서가라면 누구나 기쁘게 읽을 책이다.

김초엽 · 소설가, 『우리가 빛의 속도로 갈 수 없다면』 저자

들어가는 말
이러다 내가 책이 되면 어쩌지

내가 책이 아니면 어쩌지, 하는 불안과 내가 겨우 책에 불과하면 어쩌지, 하는 공포 사이에서 이 책은 완성되었다.

이 책은 책으로 건축되어 있다. 단순히 『책의 말들』이어서가 아니라 이 책 자체가 '책'이라는 주제로 중층 구조를 이루고 있어서다. 말하자면 이 책은 '책에서 발췌한 '책에 관한 문장'을 바탕으로 쓴 책'이다. 제목이 『책의 말들』이니 여러 책에서 읽은 인상 깊은 문장을 자유롭게 가져올 수도 있었다. 혹은 다른 '문장 시리즈'에서처럼 가사를 빌려 오거나 인터뷰 내용을 가져올 수도 있었다. 그러나 이 책은 그 두 가지 가능성을 모두 거부하고 책에서 발췌한 책에 관한 문장만을 바탕으로 완성되었다. 이 책을 오로지 책으로 건축한 책으로 만들고 싶었기 때문이다. 책으로 만들어진 책으로 만들어진 책.

이건 나의 청사진일 수도 있다. 내 마음의 건축술은 이토록 허술해서 책의 빛을 쬐면 얇은 종이 위로 설계도가 배어 나온다. 그 설계도는 내가 무려 한 권의 책일 수 있다는 것을, 혹은 겨우

한 권의 책에 지나지 않는다는 것을 보여 주었다. 설계도를 감추려는 욕망과 드러내려는 욕망 사이에서 100여 번을 헤맸다. 온전하지도 않지만 완전히 틀리지도 않은 설계도 100장이 그려졌다.

이 책에는 책에 관한 100개의 문장과 그 문장에 관한 100편의 글이 실려 있다. 100개의 문장은 '책'이라는 단어, 혹은 그와 관련된 '도서', '독서', '문헌' 등의 단어가 포함된 것으로 선정했다. 책이 겹치지 않도록, 또 문장 간의 내용이 겹치지 않도록 주의했고, 다양한 맥락 안에서 문장을 고르기 위해 노력했다. 그러기 위해 나름의 원칙을 세웠는데, 일종의 '반칙'으로 간주하고 사용을 자제한 문장 인용 방법은 다음과 같다.

1. 책에 관한 책 인용하기. 이런 책은 이미 책이라는 존재를 분석하며 감상을 나누고 있으므로 새로운 책을 쓰는 저자로서 인용을 피하는 것이 옳다고 여겼다. 그럼에도 전혀 인용하지 않을 수는 없었고, 이 방법은 4회 사용되었다.

2. '이 책은 —한 책이다' 혹은 '그 책에서는 —를 하고 있다'라는 문장 인용하기. 이 방법을 쓰면 우리나라에 존재하는 거의 모든 번역서의 옮긴이의 말 내지는 문학책의 서문에서 인용할 문장을 찾을 수 있지만 그러면 책이 재미없고 단조로워지리라고 판단했다. 이 방법은 2회 사용되었다.

3. 두 문장 이상 인용하기. 앞뒤 맥락을 붙이면 의미를 더 풍부

하게 전달할 수 있을 만한 문장이 많았으나 그중 책 내지는 책과 관련된 단어가 들어간 한 문장만을 인용하였다. 이는 인용한 책의 내용에 갇히지 않고 자유롭게 글을 쓰기 위해 내가 나 자신에게 부여한 한계이다. 딱 한 번, 인용한 문장의 다음 문장을 연이어 썼다.

요컨대 한 문장 속에서 '책' 혹은 책과 관련된 단어가 맥락에 맞게 자연스럽게 등장하는 경우를 고르고자 노력했다. 이러한 원칙을 세우고 문장을 고르다 보니 자연스럽게 소설과 에세이, 인문교양책의 비중이 높아졌고 과학책의 비중은 낮아졌다. 되도록 다양한 분야의 책에서 문장을 발췌하고 싶었으나 책의 태생적인 한계가 있었다. 그럼에도 좋은 문장을 고르기 위해, 또 그 문장에서 생각을 확장시키는 글을 쓰기 위해 노력했다.

더불어 책에 관한 문장을 뽑았다고 해서 책 이야기만 하지는 않았다. 해당 문장에서 연상되는 다양한 소재를 활용하여 글을 썼으므로 이 책은 순전히 책에 관한 책이 아니라, 책을 읽어 온 나와 내가 살아가는 세계에 관한 100편의 이야기이기도 하다. 차라리 책에 관한 책일 것이라는 기대를 버리고 읽는 편이 좋을지도 모른다. 책으로 만들어진 책으로 만들어진 책이 세계를 조심스럽게 두드리고 있다.

이 책은 17세기 작곡가 장 필리프 라모Jean-Philippe Rameau의 『클라브생 모음곡 RCT3』 중 「Les tendres plaintes」에 많은 빚을 지고 있다. 상냥한 호소 혹은 부드러운 탄식. 글을 쓰기 전 가만히 앉아 이 곡을 듣고 또 들었다. 부드럽고 상냥하게 탄식하는 법을 배워야 했다. 책을 외면하는 이들과 그것을 애석해하는 나에 대하여.

나는 다시, 아, 탄식하며.

2021년 1월
김겨울

사자가 위장에 탈이 나면
풀을 먹듯이 병든 인간만이
책을 읽는다.

강유원, 『책과 세계』(살림, 2004)

001

독서는 인간의 본능을 거스른다. 자연의 위협으로부터 자신을 지키기 위해 끊임없이 새로운 자극에 반응하도록 훈련된 인간의 뇌에 독서는 너무 지루한 행위다. 글자를 배우고, 문장과 문장을 연결하고, 문단과 문단을 엮고, 차근차근 그 말을 경청하고. 선사 시대라면 그 사이에 사자에게 잡아먹히고도 남을 것이다.

대부분의 인간은 책 없이도 잘 살아왔고 아마 앞으로도 그럴 것이므로, 무한한 책의 세계가 주는 지혜와 위로를 필요로 하는 사람들만 책의 세계로 살금살금 걸어 들어가면 된다. 그렇게 걸어 들어가는 모두가 병든 인간인 것은 아니다. 병들지 않은 인간도 책을 읽는다. 병들지 않은 인간은 책의 세계를 관광객처럼 둘러보고 자신에게 필요한 조각을 찾은 뒤 값을 치르고 길을 나선다.

그러나 병든 인간은 책의 세계에 기꺼이 자신을 바친다. 어떤 이는 자신이 제물이 되어도 좋겠다고 생각한다. 자신이 제물이 되어서 책의 세계의 작은 벽돌 하나로 남아도 좋겠다고 생각한다. 그는 이 세계가 번창하기를 소망한다. 같은 이유로 나 역시 사람들을 책의 세계로 유혹하고 싶어 한다. 사실 책 속에는 사람들이 원하는, 세상을 움직이는 은밀한 지혜가 숨어 있다고 말하고 싶어 한다.

병든 인간만이 책을 읽는다고 말함으로써 애서가는 자신의 어리석음을 변호하고 책이 사람을 기적적으로 변화시킨다는 환상을 부순다. 그것은 그가 책을 너무나 사랑하기 때문이며, 그 간절한 사랑이 개발의 논리로 훼손되지 않기를 원하기 때문이다.

나는 근사한 문장을
통째로 쪼아
사탕처럼 빨아 먹고,
작은 잔에 든 리큐어처럼
홀짝대며 음미한다.

보후밀 흐라발, 『너무 시끄러운 고독』
(이창실 옮김, 문학동네, 2016)

002

어떤 문장은 조각조각 제자리를 찾고야 만다. 그것은 읽는 이의 마음에 파고들어 당당히 점유권을 주장한다. 나에게도 수월하게 암송할 수 있는 문장이 몇 개 있다. 어떤 문장은 시에서 왔고 어떤 문장은 소설에서 왔고 어떤 문장은 대중교양서에서, 어떤 문장은 학술 논문에서 왔다. 이를테면 "송편이 그렇게 좋은 음식이면 평소에 김치와 함께 먹으란 말이야!"* 같은 문장이다. 아니 잠깐, 이 문장을 이렇게 외우고 있을 생각은 없었는데.

　　문장력이란 사실 별 의미 없는 말인지도 모른다. 미문美文을 잘 쓰는 것과 글을 잘 쓰는 것은 다른 일이다. 하지만 문장에는 분명한 힘이 있다. 문장은 종합적인 독해 과정 없이 곧바로 독자에게 전달된다. 예컨대 글 전체가 곡선으로 움직인다면 문장은 직선으로 움직인다. 그 직선이 모여 거대한 커브를 이룸으로써 저자의 의도가 두껍게 전달된다. 문장만 뚝 잘라 내는 일이 때로는 위험한 이유다. 문장은 쉽게 오해되는 동시에 쉽게 읽히기에 무섭다. 이 책 역시 그러한 혐의에서 자유로울 수 없으며, 이 책에 수록된 100개의 문장은 맥락이 배제된 채 자유로운 글쓰기를 위한 도구로 선택되었다.

*김영민, 『아침에는 죽음을 생각하는 것이 좋다』(어크로스, 2018)

필요한 서류들을
가방에 넣다가
나도 모르게 손에 잡히는
책 한 권을 넣는다.

김진영, 『아침의 피아노』
(한겨레출판, 2018)

003

20대 초반에, 고등학교 시절 나를 가르친 논술 선생님과 이야기를 나눌 일이 있었다. 선생님이 자기는 하루에 커피를 다섯 잔씩 마신다며 처절한 중독 상태라고 말했던 기억이 나고, 자신이 모은 빈티지 만년필 중 한 자루를 나에게 주었던 기억도 난다. 내가 직접 바느질해서 만든 공책을 그날 드렸던가 다른 날 드렸던가. 아니면 우편으로 부쳐 드렸던가.

많은 게 확실하지 않지만 선생님의 말 중 아직도 기억하는 한마디는 "가방에 책 한 권도 들어 있지 않은 사람과는 별로 대화를 나누고 싶지 않다"였다. 아니, '대화를 나누고 싶지 않다'가 아니라 '상대하고 싶지 않다'였던가. 아니면 '친해지고 싶지 않다'였던가. 아무튼 그런 요지의 말이었다. 정확히 그날 한 말인지조차도 기억나지 않지만 발화자만큼은 또렷이 기억하고 있다. 그 말을 들었을 때 내 가방에 책이 들어 있었던가? 들어 있어서 안도했던 것도 같고, 들어 있지 않아 부끄러웠던 것도 같다.

책 없이는 밖에 나가지 못하는 유구한 습성을 지니고 있는데도 이 나이가 되도록 가방을 챙길 때면 가끔 그 말이 생각난다. 가방에 책 한 권도 들어 있지 않은 사람과는 (   ). 하지만 나는 가방에 책 한 권도 들어 있지 않은 사람들과도 몇 년째 잘 지내고 있다. 아마 선생님도 그러리라 짐작하고 있다. 저 말은 수사에 가깝다고 생각한다. 이왕이면 읽는 사람과 깊은 이야기를 나누는 편이 즐겁다는.

사람들 앞에서는 책을
존중하는 듯 말해야 하지만,
꽤 무자비하게 책을
오용한다.

크리스토퍼 이셔우드, 『싱글맨』
(조동섭 옮김, 창비, 2017)

004

어렸을 때는 책 위에 말도 안 되는 걸 올려놓으면 아버지에게 혼이 났다. 아버지는 나에게 책을 그렇게 대우하지 말라고 가르쳤다. 뜯어서 부스러기가 날리는 과자봉지라든지, 새로 산 신발이라든지, 막 조립한 장식물 같은 것들이 그렇게 책에서 내려왔다. 책을 존중하는 사람이 책에서 무언가를 배울 수 있다고 생각하셨던 것 같다. 하지만 그러기에 내 방에는 책이 너무 많았고 책은 걷잡을 수 없이 방을 차지해 나갔기 때문에 책 위에 뭘 올려놓지 않으려면 약간의 곡예를 감수해야 했다.

아버지와 달리 책의 내부에 좀 더 신경 쓰긴 했지만 나도 책을 소중히 생각했던 터라 책에 밑줄을 긋거나 페이지를 접는 건 상상도 하지 못했다. 특히 좋아하는 책은 더 그랬다. 한번은 『해리포터와 불의 잔』 미국판을 언니가 빌려 가면서 여기에 밑줄 그어 가며 단어도 찾고 영어 공부도 하겠다고 하길래 그게 무슨 말도 안 되는 소리냐며 절대 안 된다고 발광을 했던 역사가 있다.

지금은 나도 책에 적당한 대우를 해 준다. 라면 받침이나 모니터 받침으로 쓰지 않고, 우그러지거나 망가지지 않도록 책장과 책상에 잘 모셔 놓는다(밥벌이를 책임져 주시기 때문에 잘 모셔야 한다). 밑줄을 긋거나 메모를 하거나 페이지를 접거나 책날개를 읽던 페이지에 끼워 두는 '만행'은 별 거리낌 없이 하지만 책을 찢거나 망가뜨리는 일은 차마 하지 못한다. 책을 성전처럼 모시는 테제와 책을 라면 받침으로 쓰는 안티테제를 넘어 책을 수단이자 목적으로 쓰는 신테제에 이르렀다고 할 수 있겠다. 이것이 바로 책 모시기의 변증법이다(아니다).

겨우 종이 묶음에 불과한 물건이 뭐라고 이렇게 소중할까. 책은 어떻게 늘 '종이 묶음' 이상의 것을 해내는 걸까. 책이 단순한 종이 묶음 이상의 존재라고 믿는 사람들, 그래서 책을 소중히 만지고 읽고 소화하는 사람들에게 애정을 느낀다. 23

셔츠와 속옷, 둘둘 뭉친
양말 더미, 주름을 따라
깔끔하게 접은 바지와
시간이 없어 미처 읽지 못한,
길거리에서 산 책 몇 권.

올가 토카르추크, 『방랑자들』
(최성은 옮김, 민음사, 2019)

005

일주일 동안 뉴욕을 여행하면서 알랭 드 보통의 『The Art of Travel』(여행의 기술)을 읽었다(당시 교환학생으로 다니던 대학교 도서관에서 빌린 영문판이기 때문에 제목을 영어로 썼다). 하루에 한 챕터 정도 읽으면 딱 맞는 분량이었다. LAX 공항에서, 몬탁의 등대 앞에서, 맨해튼의 유스호스텔과 카페에서, JFK 공항에서 책을 읽었다. 몸으로 하는 여행과 정신으로 하는 여행. 보들레르, 호퍼, 플로베르, 고흐가 MoMA, 첼시 마켓, 차이나타운, 타임스스퀘어와 교차되고 정신으로 국경을 넘을 줄 알았던 사람들의 이야기가 낯선 거리마다 펼쳐졌다.

"소크라테스에게 어디 출신이냐고 물으면, 그는 '아테네에서 왔다'고 하지 않고 '세상에서 왔다'고 했다. 플로베르는 루앙 출신이었지만 (……) 아마 조금은 이집트 출신이기도 하다고 답했을지도 모른다."*

내 몸의 경계선 너머로 나아가고 또 나아가며 걷고 또 걷는 일은 일종의 유체이탈처럼 느껴지기도 했다. 짧은 여정을 마치고 돌아온 곳은 전과 같은 곳이었지만, 전과 같은 곳이 아니었다. 몸과 정신의 여행을 거친 사람은 그 전과는 다른 사람이 되기 때문이다. 돌아오는 비행기에서 마지막 챕터인 'Return-On Habit'(귀환-습관에 대하여)을 끝으로 독서를 마무리했다.

"나는 멀리서도 잘 보이는 이타케에 온 것이 아니라 어떤 낯선 나라를 떠돌고 있는 것 같고 그대가 그렇게 말씀하시는 것도 나를 놀려 주시고 내 마음을 호리시려는 의도인 것 같습니다. 말씀해 주십시오. 나는 정말로 사랑하는 고향에 온 것입니까?"**

여행하는 자는 출발한 곳으로 돌아와야 하지만, 돌아온 그곳은 결코 그 전과 같을 수 없으리.

* Alain De Botton, 『The Art of Travel』
** 호메로스, 『오뒷세이아』(천병희 옮김, 숲, 2015)

너는 네 작은 비망록도,
고대 로마인들과
헬라스인들의 행적도,
노후에 읽겠다고 제쳐 놓은
그들의 저술 발췌본도
읽을 시간이 없을 것이다.

마르쿠스 아우렐리우스, 『명상록』
(천병희 옮김, 숲, 2005)

006

나는 절박해졌다. 집중력을 유지할 수 있고, 작은 글씨를 무리 없이 볼 수 있고, 좋은 자세로 앉아 있을 수 있고, 활발하게 지적 활동을 할 수 있는 시간이 몇십 년 되지 않는다는 것을 갑자기 깨달았기 때문이다. 이 사실은 'hide in plain sight'라는 영어 표현처럼 늘 같은 자리에 존재했으나 한 번도 보이지 않았던 종류의 진실이었다. 스물아홉 살이 되었을 때 드디어 이 사실은 시야에 포착되었다. 너무 늦은 게 아닌지 나는 염려한다. 읽으려던 책을 결코 다 읽고 죽지는 못할 것이다. 지금 당장 읽어야 한다. 매일 읽어야 한다. 고요 속에서 읽고 또 읽는다. 이걸 다 읽고 죽어야 한다.

더구나 우리 둘,
즉 나와 나의 책은
느린 가락lento의
친구들이다.

프리드리히 니체, 『아침놀』
(박찬국 옮김, 책세상, 2004)

1881년에 출간된 『아침놀』의 서문에서 이미 모든 노동을 빠르게 해치워 버리려는 '속전속결의 시대'를 비판하고 천천히 읽기를 주장한 것을 보면 놀랍다. 두 가지에서 놀라운데, 19세기 후반에 이미 현대인의 사고방식이라고 부를 수 있을 만한 것이 정립되었다는 점에서 그러하고, 140여 년이 흐르도록 이러한 사태가 심화되면 심화되었지 약화되지는 않았다는 점에서 그러하다.

책 읽기는 느린 행위다. 책 읽기는 우리에게 멈춰 서도록 요구한다. 눈과 귀로 쏟아져 들어오는 정보를 허겁지겁 처리하는 대신 천천히 생각하도록 요청한다. 어떤 책에는 저자가 과속방지턱을 많이 설치해 두는데, 그러한 과속방지턱은 몇 날 며칠에 걸친 고민으로 완성된다. 어떤 책에서는 저자가 혼신의 힘을 기울여 서서히 미끄러지도록 도로를 설계하는데, 이러한 도로 역시 몇 날 며칠에 걸친 고민으로 닦아진다. 성실한 독자는 그 과속방지턱을 갈라 보고 잘 닦아진 도로를 문질러 본다. 독서란 곧 경청이며, 경청이란 곧 집중하고 반응하고 되묻는 일이다.

그러므로 책 읽기란 얼마나 비효율적인 행위인가. 어떤 이들은 문학을 읽지 않는 자신을 자랑스러워한다. 허구의 세계가 쓸모없다 믿고, 당장 써먹을 만한 지식을 알려 주는 책만이 가치 있다 여긴다. 그러나 비효율이 곧 우리가 삶을 버틸 수 있게 만들어 주는 힘임을, 더 나아가 아름답게 만들어 주는 힘임을 경청하는 이들은 안다. 이 힘이 쓸모없다는 평가를 받더라도 한탄할 것은 없지만. 슬프지만 어쨌든 우리 모두 바쁘지 않은가.

당신이 어디에 서 있는가에 따라
당신이 무엇을 손에 쥐고 있는가에 따라
누구를 읽고 왜 읽는가에 따라
조그맣게 축소되었다가   부풀어 오른다

에이드리언 리치, 「모순들, 그 흔적을
따라」, 『문턱 너머 저편』
(한지희 옮김, 문학과지성사, 2011)

008

읽을 책을 고르는 일은 어떤 사람이 될지를 고르는 일과 비슷하다. 나는 『음악 혐오』를 읽을 때는 혼란에 빠진 예술가가 되었다가, 『사람, 장소, 환대』를 읽을 때는 책임 있는 시민이 되었다가, 『단편소설 쓰기의 모든 것』을 읽을 때는 성실한 작가 지망생이 되었다가, 『유령해마』를 읽을 때는 인공지능이, 『감옥의 몽상』을 읽을 때는 수감자가, 『웃는 경관』을 읽을 때는 경찰이 된다. 나는 그 모두가 되었다가 그중 아무도 아닌 사람으로 돌아온다.

책에서 책으로, 또 책에서 책으로 통과하는 날에는 내가 책이 되어 사는 것만 같다. 전원이 들어오면 정신이 켜지고 전원이 꺼지면 정신도 꺼져서 띄엄띄엄 존재하지만 그걸 자각하지 못하는 인공지능처럼 나는 사는 것만 같다. 책을 건너 다음 책으로, 그 책에서 또 다음 책으로 건너가면서. 나를 지키지도 못하는 어리석은 사람처럼 책에 의존하면서. 그래서 한숨 돌릴 틈도 없이 책을 읽어야만 했던 시기나 영화를 봐야만 했던 시기는 슬픔과 절망의 한복판에 서 있어야 했던 시기와 같다.

하루에도 몇 번씩 다른 정신을 입고 벗는다. 그나마 입을 정신이 있는 게 어디냐고 자위하기도 한다. 땀을 뻘뻘 흘리며 정신을 갈아입는 일이 내 맨살에 아무런 영향을 주지 못한다 해도 어쩔 수 없는 일 아니냐고.

책을 옮기거나
먼지를 털어 낼 때마다
거기에 시선을 던지고,
띠지의 글을 읽고,
우연히 어떤 페이지를 읽고,
그렇게 조금씩 대부분의
내용을 흡수했을 것이다.

움베르토 에코, 『책으로 천년을 사는 방법』(김운찬 옮김, 열린책들, 2009)

잘 알려진 대로 종이책 구매는 부동산 문제다. 종이책은 물건이어서 놓을 자리가 있어야 하고 놓을 자리는 집의 크기와 직결된다. 누울 자리만 간신히 확보한 작은 집에 사는 사람이 책을 사들이기는 어렵고, 그보다 넓은 집이라고 해도 2년마다 이사를 다녀야 한다면 책을 사는 부담은 가중된다. 책은 어찌나 물건인지 책이 늘어날수록 내가 쓸 수 있는 공간이 정직하게 줄어든다.

내 소유로 된 집도 없는 주제에 책을 빌려 볼 생각은 않고 자꾸만 사는 이유는 역설적이게도 책이 물건이어서 그렇다. 종이책은 물건이어서 그것이 점유하고 있는 공간이 선명하게 드러난다. 무심코 눈길을 줄 때마다 그 책은 마음에 쌓여 시간에 따른 풍화를 막는다. 책을 만지고 들고 옮기고 훑으면 희미하던 그 책의 상像이 단단하게 자리 잡는다. 물리적 현실로 눈을 돌리는 순간 추상의 상태로 전환되는 비트bit와는 다르게, 책은 그 자리에 존재한다는 사실만으로도 소유자에게 조금씩 흡수된다.

무한한 서재에 대한 동경이 있다. 현실적으로는 장서가 많은 시립 도서관, 상상의 모습으로는 보르헤스의 '바벨의 도서관'이나 거기서 영감을 받은 『장미의 이름』의 도서관, 혹은 애니메이션 『공각기동대 SAC』의 도서관 같은 장소들에 동경과 매력을 느낀다. 시간이 흘러 내가 천천히 지성을 잃고 침식되어 가고 그 사실에 절망을 느끼는 동안에도 수많은 책이 괜찮다고, 원래 그런 거라고 말해 줄 것만 같다. 세상은 거대한 도서관일 뿐이라고 나를 안심시킬 것만 같다. 그 말을 알아듣지 못하는 날까지 책을 사 모으고 싶다. 그래서 알아듣지 못하는 위로 속에서 생을 마감할 때, 내가 누울 자리마저 책에 양보하기로 했었다는 사실을 전해 듣고 싶다.

수선용 테이프를
책의 펼치는 부분에
붙이고 있었다.

정미경, 「나의 피투성이 연인」,
『나의 피투성이 연인』
(민음사, 2004)

책을 좋아하는 사람이라면 망가진 책 구출 무용담이 하나쯤은 있을 것이다. 온통 젖은 책을 누군가는 냉동실에 넣고 누군가는 난롯가에서 말리고 누군가는 거대한 사전으로 눌러놓고 누군가는 헤어드라이어로 말리고……. 나도 걸핏하면 가방 속에서 물병과 만나 엉엉 울어 버린 책을 달래느라 별짓을 다 했던 역사가 있다. 교과서는 대체 왜 이렇게 잘 우는가? 이건 다 공부하기 싫어하는 학생들의 정념이 물을 병 너머로 통과시킨 결과라고 볼 수밖에 없다.

무척 아끼는 책이 커피로 얼룩지거나 가구 모서리에 찍히면 순간적으로 심장에 고통이 느껴진다. 악. 휴지로 커피를 닦아 내도 갈색 얼룩은 덩그러니 남는다. 모두가 알고 있다. 이미 무슨 짓을 해도 책을 처음 산 상태로 되돌릴 수는 없다는 것을. 어쩔 수 없는 일인 것이다. 어차피 책은 원래 해진다. 오늘의 커피가 아니어도 언젠가는 변색되고 너덜너덜해질 수 있다.

하지만 좋은 수선가를 만나면 책이 다시 태어날 수도 있지 않을까? 트위터에서 '재영책수선'이라는 계정을 팔로우하고 있는데, 그 계정에는 종종 책을 수선하는 과정이 사진으로 올라온다. 페이지가 뚝뚝 흘러내리는 오래된 사전도, 덜렁덜렁 춤추는 표지도, 다 떨어진 책등의 실도 약품과 도구를 통해 차근차근 복구된다. 도저히 가망이 없어 보이던 책들이 마법처럼 말끔해지는 걸 보고 있으면 왠지 눈물이 날 것 같을 때가 있다.

책을 읽을 수도 있지만
우리가 갖고 있는 것은
'필독' 도서들뿐인데, 그것들은
금세 읽어 버릴 수 있을 뿐만
아니라, 대부분의 경우
이것들 역시 하나도
재미없기는 마찬가지다.

아고타 크리스토프, 『문맹』
(백수린 옮김, 한겨레출판, 2018)

필독 도서 목록이라는 건 학생들을 괴롭히기 위해 만든 것이 아닐까. 거기에는 셜록 홈즈 전집도 없고, 아이작 아시모프의 '파운데이션' 시리즈도 없고, 우라사와 나오키의 『20세기 소년』도 없다. 이 사실을 슬퍼한 청소년 김겨울은 도서관에서 닥치는 대로 추리소설을 빌리기 시작하는데……. 그때부터였을까요, 제가 디스토피아를 좋아하게 된 게?

물론 필독 도서에는 좋은 책이 많고 심지어 재미있는 책도 많다. 『탈무드』는 재치가 빛나 의외로 재미있었고, 『오 헨리 단편집』이나 『마음을 열어주는 101가지 이야기』 같은 책은 꽤 감동적으로 읽었다. 브론테 자매의 소설이나 윤동주의 시집처럼 유명한 책은 앞으로 살아가면서 사람들과 수다를 떨 만한 '교양'이 된다. 그런 책으로 심성을 가꾸기를 바라는 어른들의 마음을 십분 이해하며, 나 역시 그런 책들을 읽고 자랐다. 그렇게 강제로라도 책을 접하는 기회가 늘어나면 자연스럽게 책을 읽는 능력도, 책을 펼치는 습관도 길러질 확률이 높다.

하지만 같은 필독 도서 목록을 받고도 누군가는 애서가가 되고 누군가는 책과 연을 끊는 것을 보면 결국 책과의 인연이라는 건 다른 사람의 의도와 상관없이 결정되는 것 같다. 학생들에게 필독 도서의 독후감을 써내라고 하면 신이 나는 건 원래부터 책을 좋아하던 학생들이었고, 책에 관심 없는 학생들은 가장 얇은 책의 내용을 인터넷에서 대강 검색해 글을 완성하곤 했으니까. 그리고 그런 학생 역시 삶에서 언젠가는 책을 찾게 되기도 한다. 누군가는 평생 책과 담을 쌓고 살다 군대에서 처음 책을 읽기도 하고, 누군가는 몇 년 동안 책을 한 권도 읽지 않다가 '겨울서점'을 보면서 오랜만에 책을 읽기도 한다. 책은 삶에서 다가오기도 하고 멀어지기도 하며 그것은 지극히 자연스러운 일이다.

글자와 눈앞에 있는
멋진 세밀화들이 미워지기
시작하고, 결국에는
덮어 버린 책을 베개 삼아
깊은 잠에 빠지고 만다.

조르조 아감벤, 『행간』
(윤병언 옮김, 자음과모음, 2015)

책을 연료로 삼아 먹고사는 사람이 되고 나니 피곤한 때에 내키지 않는 책을 읽어야 할 때가 종종 있고, 그럴 때면 미래를 내다보는 능력이 생긴다. 이걸 지금 읽으면 100퍼센트 잠들리라는 사실을 수정구슬 하나 없이도 예견할 수 있는 것이다. 하지만 그걸 안다고 읽지 않을 수 있는 건 아니니까 어쨌든 책을 펼친다. 읽다 보면 어떤 환각 상태에 접어드는데, 그건 눈이 반쯤 감겼지만 눈동자는 문단을 훑어 내리고 페이지는 계속 넘어가는 동시에 어지러운 와중에도 드문드문 내용을 기억하는 그런 상태다. 나에게는 이 상태로 책을 완주할 수 있는 능력이 있다. 사람이 먹고살기 위해 발달시키는 능력의 종류는 다종다양한 법이니까.

책이 좋은 수면제라는 건 말하지 않아도 다들 아는 사실이다. 현실적인 이유로는 블루라이트를 방출하지 않고 뇌를 억지로 셧다운 시키지도 않는 건강 친화적 수면제라는 점을 들 수 있겠다. 사실 잠이 오지 않을 때 책을 읽는 건 꽤 남는 장사다. 잠에 들거나, 어찌 되었든 책을 읽게 되기 때문이다. 앞에서 서술한 요상한 상태로 읽게 되기도 하지만.

수면제로서의 책을 고르는 요령은 어렵지 않다. 너무 흥미진진한 소설이나 자극적인 주제의 책 말고, 적당히 어려우면서 적당히 관심 없는 책이라면 완벽하다. 너무 어렵거나 완전히 관심이 없는 책이면 자연스럽게 손이 핸드폰을 향할 것이므로, 계속 읽고 싶은 마음이 약간은 있으면서도 미묘하게 무슨 말인지 모르겠는 책이 최고라고 할 수 있다. 이를테면……, 필독 도서?

그녀는 그 헌책방에 가서
책을 한 권 살 것이다.

앨리 스미스, 『가을』(김재성 옮김,
민음사, 2019)

고등학교 시절 학교 앞 서점에 문제집을 사러 갈 때면 자주 들르던 곳이 있었다. 그곳은 지리적 이점을 이용해 각종 학원 교재와 EBS 교재를 하루에도 수십 권씩 팔아 치우는 서점이었는데, 그런 '사교육 교재의 메카' 같은 분위기는 회색빛 개량 한복을 입고 비슷한 색의 수염을 기른 서점 주인의 '아우라'와는 어울리지 않는 것이었다. 그 아우라가 본디 어디서 왔는지를 어림짐작할 수 있는 곳이 있었으니 그 서점의 다락이다. 별로 튼튼해 보이지 않는 계단을 밟고 올라가 작은 문으로 들어서면 책장마다 빼곡히 헌책이 꽂혀 있다. 그 앞으로는 노끈으로 묶은 오래된 책들이 더미를 이루어 산처럼 쌓였다. 책을 구경하면서 점점 더 구석진 서가에 들어설수록 풍화된 책의 냄새가 난다. 누렇게 변한 종이에, 양쪽에서 누른 것같이 세로로 긴 글자체로 쓰인 글자들. 손에 문제집 몇 개를 들고 나는 굳이 그 구석진 곳에 한참을 서 있었다.

굳이 구석까지 찾으러 가는 모험을 감수하지 않는 손님들을 위해 주인은 다락에 들어오자마자 보이는 가장 훤칠한 책장에 가장 잘 팔릴 만한 물건들을 배치했다. 학교 모의고사에 등장할 법한 한국문학이나 베스트셀러가 주로 꽂혀 있었다. 가끔 좋아하는 책이 등장하는 날이면 속으로 심 봤다, 를 외치며 냉큼 뽑아 가는 재미가 쏠쏠했는데, 그런 재미마저 없었다면 그 시절을 버티기 힘들었을 것이다.

알파벳이나 음절문자,
표의문자로 쓴 책과 달리
알레시아의 책은
말뿐 아니라 글쓴이의
어조와 음성, 억양,
강세, 성조, 리듬까지
담아낸다.

켄 리우, 「고급 지적 생물종의
책 만들기 습성」, 『종이 동물원』
(장성주 옮김, 황금가지, 2018)

매주 방송에서 목소리를 들려주니 사람들은 책에서도 목소리를 듣는다. 이 책도 아마 누군가는 나의 목소리를 상상하며 읽고 있을 것이다. 나 역시 여러 작가의 글에서 목소리를 듣는다. 방송을 통해 목소리를 자주 접하는 사람들의 에세이에는 목소리가 예기치 못한 부록처럼 딸려 있다. 때로는 이것이 애석하게 느껴지기도 하는데, 말을 할 때와 글을 쓸 때의 나는 조금 다른 사람이기 때문이다. 글을 쓸 때 내 목소리를 생각하면서 쓴 적은 한 번도 없다. 하지만 여기서 목소리 이야기를 해 버렸으므로 목소리를 생각하지 않고 있던 독자들조차 (유튜브를 보았다면) 여기서부터는 내 목소리를 듣게 될 것이다.

실제로 오디오북을 녹음한 적이 있다. 메리 셸리의 『프랑켄슈타인』이었는데, 일단 내 목소리로 이 명작을 읽는 것이 지극히 부담스러운 일이었던 데다 빽빽한 300쪽 분량의 책을 실수 없이 집중하며 꼬박 열흘 동안 읽는 일 역시 쉽지 않았다. 나름대로 최선을 다했는데 얼마나 팔리고 있는지는 잘 모르겠다. 취향을 타리라 짐작하고 있다.

메리 셸리의 목소리는 어땠을까, 나는 상상해 본다. 낮고 차분한 목소리였을까, 높고 카랑카랑한 목소리였을까. 아주 오래전 책을 남긴 사람들의 목소리를 들어 볼 수 있다면 지금과는 전혀 다른 독서를 할 수 있을지도 모르겠다. 인공지능이 힘을 내 준다면 이 책도 나중에는 내 목소리로 들을 수 있는 날이 올까.* 나로서는 조금 섬뜩하게 느껴지는데, 이미 머릿속으로 그렇게들 읽고 있다면 나쁠 것 없지 않나 싶기도 하다. 내가 직접 녹음할 필요가 없으니 오히려 잘된 일인지도 모르겠다.

* 이 글을 쓰고 나서 얼마 후 2020년 총선이 있었는데, 정치인의 목소리를 분석하여 현재 개표 상황을 그 정치인의 목소리로 들려주는 방송사의 기술력을 보고 이미 그날이 왔구나 싶었다.

1000쪽짜리 책에
전부 담았군요!

아서 클라크, 「머나먼 지구의 노래」,
『아서 클라크 단편 전집 1953-1960』
(고호관 옮김, 황금가지, 2009)

으레 책은 건강한 몸과는 거리가 있는 매체로 여겨지나, 이를 반증할 수 있는 사례가 있다. 대학교 시절 과방에 가면 선배 중 두어 명은 양팔에 무거운 목침 같은 것을 들고 다녔는데, 우리는 그 목침을 들고 다니며 단련된 선배의 근육을 '법근'이라고 불렀다. 골방에 틀어박혀 세상의 진리를 추구한다면서 고전을 파헤치는 순살 100퍼센트의 문과대학 학생이 근육을 기르기 위해 법학을 복수전공 하면 얻을 수 있는 근육으로(아직 학부에 법학과가 남아 있던 시절이다), 전완근과 이두 및 삼두, 장기적으로는 코어근육까지 튼튼해지는 효과가 있(기를 바란)다. 부작용으로는 라운드 숄더와 다크서클, 극심한 피로감 등이 있다.

아직도 선배가 들고 다니던 『민법강의』의 두께를 잊을 수가 없다. 그걸 인간이 공부한다고? 철학과를 다니며 어지간한 두께의 책으로는 놀라지도 않던 나에게도 그건 좀 충격이었다. 게다가 대개 사법고시를 보려면 그 책을 다 외워야 한다고 생각하곤 했으니까. 변호사, 검사, 판사는 다 저런 고문을 받고 직업인이 되는구나 싶었다. 물론 그 두꺼운 책을 완전히 달달 외우는 시험을 보는 게 아니라는 걸 이제는 알지만, 아무렴 알게 뭔가. 그 두꺼운 책을 공부해야 하는 건 사실인데.

처음에는 마지못해서
해 줬고, 내가 얼마나
타이핑을 싫어하는지도,
내 소설도 최종고를 빼면
다 손으로 썼다는
사실도 말하지 않았다.

옥타비아 버틀러, 『킨』
(이수현 옮김, 비채, 2016)

대학을 다시 다닌다면 가장 큰 장애물은 수기로 보는 시험일 것이다. 어휴, 그 지긋지긋한 갱지. 철저하게 공부해서 머릿속에 잔뜩 넣어 가도 그 갱지를 받으면 머릿속이 도로 텅 비는 기분이었다. 족히 A3는 될 커다란 갱지에 이름과 소속, 학번을 쓰고 나면 이제부터는 시간 내에 누가 더 빠르고 깔끔하게 쓰느냐 그리고 손의 고통을 잘 참느냐의 싸움이 됐다. 한번은 서양기독교사 기말고사에서 그 갱지를 앞뒤로 두 장 하고도 한 쪽을 썼고 약간 토한 것 같은 기분이 되어 교실을 나왔다. 옛날에는 다 손으로 직접 썼던 것도 알고, 심지어 요새도 과제를 수기로 해 오라고 하는 교수님들이 있지만, 역시 수기 과제며 시험은 적응이 안 된다.

컴퓨터 글쓰기는 수기 글쓰기보다 비선형적이다. 쓰고 나서 문단의 순서를 바꿀 수도 있고 앞으로 돌아가 문장을 지울 수도 있으며, 그 결과를 눈으로 바로 볼 수 있다. 머릿속의 생각을 거의 실시간으로 화면에 도출하는 속도 역시 수기가 따라잡을 수 없다(사실 제일 참을 수 없는 게 이 부분이다). 컴퓨터 글쓰기에 익숙해진 입장에서 수기의 선형적이고, 느리고, 수정이 힘든 글쓰기는 답답하고 괴롭게 느껴진다. 심지어 글씨 쓰다가 힘들어서 아는 내용을 깜박하고 빼먹고 나온 적도 한 번 있다.

타자로 치면 훨씬 깔끔하고 좋은 답안을 빠르게 제출할 수 있고, 글씨체 때문에 학생이 이익이나 불이익을 볼 일도 없는데 수기를 고집하는 건 역시 인프라 때문일까? 혹은 타자 소리가 거슬려서? 하지만 토플도 타자로 보는 마당에 학교 시험에서 타자 소리가 거슬린다는 건 좀 핑계같이 들린다. 학교 입장에서는 굳이 바꿀 필요를 못 느끼기 때문에 바꾸지 않는 것이겠지. 그렇다는 건 학생들도 별 불만이 없다는 뜻이고, 다들 괜찮나 보다. 학생 여러분, 다들 손 안 아프신지.

말라키아는 버럭 화를 내고
그런 상스러운 서책 이야기는
꺼내지도 말라면서 원장께서
금서로 지정하신 서책이니까
범접할 생각도 말라고
했습니다.

움베르토 에코, 『장미의 이름』
(이윤기 옮김, 열린책들, 2009)

017

2008년, 알라딘에서 천재적인 이벤트를 한 적이 있다. 이른바 '국방부 선정 불온 도서 특집'. 국방부가 선정한 불온 도서 23권을 파는 이벤트 페이지를 만든 것이다. 당시의 불온 도서란 어처구니없을 정도로 막무가내여서 『나쁜 사마리아인들』, 『지상에 숟가락 하나』, 『우리들의 하느님』같이 시중에서 구할 수 있는 평범한 교양서들이 군대에 반입되지 못했다. 2011년에는 여기에 19종이 더 추가되어 총 42종의 책이 '불온 도서'로 선정되었다고 알려졌는데, 여기에는 세계문학상 수상작도, 문화관광부 학술 추천 도서도, 중학교 교과서 수록작도 포함되어 있다. 실존하는 책인지 의아한 것들도 있고 대중서가 많이 섞여 있어 허술한 목록이긴 하나 문서 자체는 존재했던 것으로 보도되었다.

금서禁書를 지정하는 것은 사람들의 생각을 제한하기 위함이다. 글은 사유의 통로인바, 글을 읽지 못하게 하면 사유 역시 멈출 것이라고 가정하는 것이다. 그러나 금서가 아주 오래전부터 존재했던 만큼 사람들은 아주 오래전부터 금서를 읽었다. 생각에는 뻗어 나가는 속성이 있으므로, 몇 권의 책을 못 읽게 하면 그 책에 이르지 않으리라고 생각하는 것은 어리석은 일이다. 게다가 금서라는 이름은 그 자체로 달콤해서 책을 좋아하는 사람이라면 감히 손대고 싶게 만든다. 그게 2008년 『나쁜 사마리아인들』이 높은 판매량을 기록한 이유 중 하나이기도 하다. 금서를 지정하기엔 우리는 너무나 현대에 살고 있다. 여전히 한국에서 금서를 지정하고 싶은 사람이 있다면 안타깝지만 이미 좀 늦은 것 같다.

그런 후 그들은
상자에서 꺼낸 책들을
한 번에 너무 많이
던져 넣지 않도록
조심하면서 불길 속으로
던지기 시작했다.

마거릿 애트우드, 『시녀 이야기』
(김선형 옮김, 황금가지, 2010)

018

새로 탄생한 국가가 이전에 존재했던 국가의 책을 불태우는 일은 책이 함유하고 있는 과거의 '불순한' 고갱이를 흔적도 없이 사라지게 만들겠다는 의지의 표현이자, 앞으로의 세상은 완전히 새로운 질서로 구축되리라는 단절의 표명이다. 책이라는 물건이 지니는 특별함 덕에 인간을 죽이거나 고문하지 않고도 이렇게 과격하게 입장 표명을 할 수 있다. 그 특별함이란 무엇인가? 당연히 인간의 정신이다. 『시녀 이야기』에서처럼 일부 세력이 쿠데타를 통해 반동적 전제국가를 세우고자 할 때 반드시 해야 할 것은 무엇인가? 책을 불태우는 일이다.

　놀라운 일이지만 우리도 가끔 글을 태운다. 그럴 리가 없다고? 누군가의 편지를 불태워 본 적이 없단 말인가? 이걸 화장실에서 태울까 공원에서 태울까 고민하고, 화장실에서 태우면 연기가 날까 봐, 공원에서 태우면 경찰이 올까 봐 고민에 빠진 적이 없단 말인가? 그렇다면 미안하다. 사실은 나도 고민만 해 보고 진짜로 태운 적은 없다. 버리면 버렸지 태우는 건 왠지 좀 꺼림칙해서. 진시황이 분서갱유로 2000년이 넘는 시간 동안 호출당하는 데에는 다 이유가 있는 법이다(물론 '갱유'는 살인이었지만).

　이제 국가가 책을 불태울 수 있는 시대는 한참 지난 것 같지만, 『시녀 이야기』를 읽고 있으면 그런 믿음조차 환상일지도 모른다는 불안감이 든다(앞에서는 '이미 늦었다'고 말했건만). 이미 현대는 책을 불태움으로써가 아니라 책보다 많은 정보와 의견을 양동이째 쏟아부음으로써 책을 무화시킨다. 그 위에 성냥과 연료를 던지기는 너무나 쉽지 않은지, 나는 가끔 불안해진다.

전차를 타면
늘 책을 읽습니다.

무라카미 하루키, 『언더그라운드』
(양억관 옮김, 문학동네, 2010)

019

타라 웨스트오버의 『배움의 발견』이 너무 재미있어 가방에 들고 다니면서 읽었는데, 하루는 버스를 반대로 타 놓고는 좋다고 책을 읽어 젖혔고, 정신을 차려 보니 이상한 곳에 와 있었고, 황급히 내려 반대 방향 버스를 탔는데, 한참을 읽다 정신을 차려 보니 이번에는 내려야 할 정류장을 지나쳐 있었고, 또 황급히 내려 반대 방향 버스를 타고 겨우 집에 도착한 전적이 있다. 그 난리 통 와중에도 책을 읽을 수 있는 시간이 끝나는 게 솔직히 더 아쉬웠다. 책을 읽고 싶다는 무의식이 잠시 힘을 발휘해 일부러 그런 짓을 한 게 아닌가 의심하고 있다.

책상에 독서대를 놓고 똑바로 앉아 읽는 책도 좋고 자기 전 침대에 누워 읽는 책도 좋지만 어쩐지 대중교통에서 읽는 책은 유난히 술술 잘 읽히는 듯한 착각이 든다. 그건 대중교통의 환경 때문도 있겠지만 애초에 『감시와 처벌』 같은 책을 미쳤다고 지하철에서 읽을 생각을 하지는 않기 때문인 것 같다. 짐을 싸면서 책을 챙길 때의 황급한 선택을 상기해 보면 주로 밖에서도 집중해서 재미있게 읽을 만한 책들이 포진해 있다.

그중 재미의 적중률이 높았던 작품이 심너울의 『땡스 갓, 잇츠 프라이데이』였다. 지하철을 타고 가면서 「경의중앙선에서 마주치다」를 읽는데 웃겨서 이를 꽉 깨물어야 했다. 일상적인 지하철이라는 공간을 이렇게 웃긴 공간으로 비틀 수 있다는 게 좋았는데, 『언더그라운드』의 이 짧고 간단한 문장을 보고 있으면 그 일상적인 공간이 순식간에 불가해한 공포의 공간으로 바뀌었을 순간이, 저 말을 한 사람이 출근하며 듣던 요한 슈트라우스의 왈츠 너머로 풍겼을 사린 가스 냄새*가, 그 불가해한 폭력성이, 절망스럽게 느껴진다.

*순수 사린 가스는 냄새가 없지만 옴진리교 범인들은 아세토니트릴이라는 에테르향 물질을 가스에 섞어 사용했다.   53

출판 대리인은 그걸 영화로
만들어야 한다고 했다.

도리스 레싱, 『금색 공책』
(권영희 옮김, 창비, 2019)

020

영화화가 되면 좋겠다고 생각하는 소설이 뭐냐는 질문을 많이 받는다. 읽으면서 특별히 그런 생각을 하지 않는 편인데, 많이들 궁금해하는 걸 보니 확실히 책과 영화는 친척 관계에 있는 매체인 모양이다.

　빈약한 상상력 탓에 저 질문에 대한 답은 늘 시간을 필요로 한다. 아무리 머리를 굴려도 그 어떤 소설도 근사한 영화가 될 것 같지 않기 때문이다. 이 소설은 영화가 되면 좀 유치해질 것 같은데, 이건 좀 촌스러워질 것 같은데, 이건 재미가 없을 것 같은데, 등등의 생각을 하다 보면 영화는 무슨 영화예요, 그냥 소설로 읽읍시다, 라고 해 버리고 싶어지는 것이다. 이렇게 상상을 못해서야. 영화를 좀 많이 볼 걸 그랬다. 전 세계의 훌륭한 영화예술가들이 이뤄 놓은 경지를 충분히 즐겼다면 질문에 곧바로 대답할 수 있었을까? 저는 이 소설이 영화가 되면 좋겠어요, 기예르모 델 토로 같은 감독이 영화로 만들면 진짜 멋있을 거 같지 않나요, 라고.

　상황이 이렇다 보니 소설을 원작으로 한 영화가 훌륭한 만듦새를 보일 때는 그저 경탄에 빠진 관객이 된다. 『컨택트』Arrival 같은 영화를 볼 때 그렇다. 같은 것을 보고도 이렇게 이미지로 만들 수 있다니. 그림을 그리는 데에도 엉망진창의 실력을 가진 독자에게 언감생심 영화란 엄두 이상의 것이다. 그러니 어떤 소설이 영화가 되든 그저 관객의 자리에서 조용히 박수를 치며 관람할 생각이다. 그럼에도 저 질문에 답한다면, 문목하 작가의 『돌이킬 수 있는』을 꼽고 싶다.

하긴 카시지 공공 도서관
성인 열람실에서
다크 판타지와 로맨스를
즐겨 읽는 열두 살짜리
소녀가 그런 말을 하는 건
그리 이상하지 않았다.

조이스 캐럴 오츠, 『카시지』
(공경희 옮김, 문학동네, 2019)

021

학교 도서관과 공공 도서관을 뻔질나게 드나들며 판타지 소설과 추리소설 같은 장르물을 틈틈이 읽던 때가 있었다. 유명한 고전 소설이나 교양서도 많이 읽었지만 그 못지않게 사랑했던(지금도 사랑하는) 장르다. 나와 내 친구들은 『룬의 아이들』에 완전히 꽂힌 상태였고 나는 『드래곤 라자』에도 빠져 있었으며 확실하지 않지만 엄마는 아마 『묵향』을 읽었던 것 같다. 지금 와서 후회하는 게 있다면 그때 장르 소설을 더 많이 읽지 않은 것이다. 왜 그때 SF는 많이 안 읽었지? 한번은 강연장에서 우리 아이가 판타지 소설만 읽어요, 라고 한탄하는 보호자께 그거 진짜 좋은 거예요, 하고 말씀드렸더니 약간 불안한 표정을 지으셨는데 이 자리를 빌려 다시 한번 그건 좋은 거라고 말씀드리고 싶다.

도서관 못지않게 집 근처 만화 대여방을 문지방이 닳도록 드나들며 만화책 역시 틈틈이 읽었는데, 역시 마찬가지로 강연장에서 만화책이라도 보게 내버려 두라고 말씀드리면 보호자들이 당황하시지만 여전히 그렇게 생각한다. 재미와 깊이를 모두 잡은 훌륭한 만화책이 많은 데다, 손에 뭘 들고 페이지를 넘기는 경험 자체가 귀한 시대에 책의 질감, 무게감, 촉감, 바스락거리는 소리 같은 걸 온몸으로 느끼게 해 주는 접근성 높은 매체는 존재만으로 소중하니까. (유튜버가 하는 말치고는 너무 옛날 사람 같긴 하지만 종이책을 향한 나의 사랑을 막을 수는 없다.)

장르 소설과 만화책의 부작용이 있었다면 사람이 떼로 죽어 나가기로 소문난 만화 『소년탐정 김전일』을 성인인 언니가 빌려 올 때마다 야금야금 읽는 바람에 공포에 질렸었다는 것과 소설 『링』 시리즈를 좋아해서 여러 번 읽는 바람에 비디오 보는 걸 무서워했다는 것 정도인데, 당시 방학을 앞둔 학교에서 다 같이 『파이널 데스티네이션』 같은 영화를 보던 시절이라는 것을 생각하면 그건 꼭 책 때문은 아니었을 것이다. 57

변기에 앉아
『로마제국 쇠망사』를 읽기로
결심한 사람을 기다리며
화장실 문 앞을 지키고 선
이처럼요.

주나 반스, 『나이트우드』
(이예원 옮김, 문학동네, 2018)

벽돌책을 쓰는 사람들끼리의 어떤 카르텔이 있는 게 아닌가 하는 의심이 든다. 사실은 아무도 모르는 벽돌책 협회 같은 게 있고 자기들끼리 추천사를 써 주며 매년 각자가 낸 책의 무게와 높이를 재 보고 페이지 수가 많은 사람부터 높은 지위를 차지하는 게 아닐까? 벽돌책을 베고 수면을 취할 경우 어떤 책이 가장 숙면에 좋은가 하는 것을 연구하고……. 프리메이슨이나 일루미나티 같은 단체가 아니라 벽돌책 협회가 세상을 지배하고 있는 게 아닐까?

물론 이건 헛소리고 벽돌책은 언제나 나의 로망이다. 벽돌책을 읽는 데에는 유난히 긴 경청의 시간이 필요하기 때문이다. 두께는 그 자체로 주장이며 난이도는 그 자체로 방어다. 대개 하드커버로 감싸진 두꺼운 책의 내부로 들어가려면 독자와 저자 모두가 가지고 있는 심리적 방어선을 뚫어야 한다. 뚫고 들어갔다면 긴 미로 속에서 길을 잃지 않도록 정신을 차려야 한다. 노련한 탐험가는 견고하게 세워 놓은 성을 한 자 한 자 탐색하며 완성본에서 거꾸로 설계도를 그려 나간다. 그는 설계도에 그려진 것과 그려지지 않은 것을 들여다본다.

긴 글은 저자를 취약하게 만든다. 길게 말하고 길게 쓸수록 그가 가진 생각이 더 투명하게 드러나며 저자 자신 역시 짧은 글에서보다 더 선명하게 비친다. 벽돌책을 쓰는 것은 짧고 간단한 글을 쓰는 것보다 대체로 까다롭고 고된 일이다. 그건 어떤 사명감 없이는 불가능한 일인 것 같다. 그래서 거의 모든 책에 그렇지만 특히 벽돌책의 저자들에게는 조금 더 마음을 관대하게 먹으려고 노력한다. 그가 내보인 취약성을 토대로 함부로 책을 결론 내리기 전에 충분히 듣는 일이 더 중요하다고 믿는다. 그 정도로 하고 싶은 말이었다면, 누군가는 들어 주어야 할 거야.

"우리 함께
  책을 쓰기로 하자."

엘레나 페란테, 『나의 눈부신 친구』
(김지우 옮김, 한길사, 2016)

023

공저의 원리는 어떻게 되는 것일까? 각자가 쓴 부분이 명확히 표기된 책은 쉽게 짐작이 가능하고, 나도 총 아홉 명이 참여한 책에 글을 쓴 적이 있지만, 두 사람 이상의 글이 경계선 없이 매끄럽게 이어져 있는 책은 어떤 과정을 거쳐 완성되었는지 상상하기가 쉽지 않다. 그런 책도 쓰기 시작할 때 아마 파트를 나눌 것 같고, 그러면 쓴 뒤에 서로 돌려 보며 수정을 가할까.

서로 다른 사람의 글이 재봉선 없이 쓰여 있는 모습은 언제 보아도 마법 같다. 나는 각자의 머리에서 빛나는 하얀색 실 몇 가닥이 나와 한가운데에서 매듭지어지는 상상을 한다. 정말로 모여서 쓰지는 않을 테고, 실제로 움직이는 것은 두꺼운 원고 뭉치이겠지만, 말하자면 그렇다는 것이다.

그런 식의 글쓰기는 몇 명까지 가능할까(어떤 대학교 교재를 보면 수많은 대학원생의 영혼이 하나가 되어 써낸 것 같은 느낌이 들 때도 있지만 일단 그 부분은 제외하기로 하자). 각자 맡은 부분이 표기되어 있지 않은 매끈한 글, 문체와 내용을 공유하는 글, 하얀색 실타래가 큰 매듭을 만들어 내는 글을 쓰기 위한 작가의 수는 몇 명이 한계일까? 세 명? 다섯 명? 열 명도 가능할까? '○○연구공동체' 같은 곳에서 내는 책에는 몇 명이 참여했을까?

나는 함께 책을 쓰고 싶은 사람들의 얼굴을 떠올린다. '함께' 책을 쓰는 데에는 여러 가지 방식이 있겠지만, 어떤 방식으로든 나의 글도 그의 글도 또 다른 사람의 글도 무엇도 소외되지 않기를 바란다. 우리가 주고받는 글이 매끈하고 아름답게 연결될 수 있다면, 박찬욱 감독과 정서경 작가처럼 한 대의 본체를 두고 두 개의 모니터와 키보드로 주거니 받거니 글을 쓸 수 있다면, 그것은 사는 것보다 훨씬 덜 외로운 일이 될 것만 같다.

그러나 이런 새로운
상황 속에서도
「진혼곡」은 출판하기에는
위험 부담이 너무 컸고,
그래서 아흐마토바는
기억에 의지해서
연하의 러시아 작가에게
그 시를 낭송해 주고
있었던 것이다.

마틴 푸크너, 『글이 만든 세계』
(최파일 옮김, 까치, 2019)

호메로스의 『일리아스』, 『오뒷세이아』가 원래는 입으로 구전되던 이야기였다는 말이나, 일본군에게 들키지 않고 전달하기 위해 200쪽의 독립군 보고서를 몽땅 외웠다는 오광심 열사의 이야기를 들을 때면 인간의 암기 능력이란 우리의 상상을 뛰어넘는 게 아닌가 싶어진다. 스마트폰과 컴퓨터에 기억을 외주 주는 데 너무 익숙해져 있구나, 생각하게 되는 것이다. 지금도 기억력 대회 같은 것이 있고 주변에 상을 받은 사람들도 있지만 그건 나와는 상관없는 별나라 이야기처럼 들리는 게 사실이니까. 하긴, 어렸을 때는 전화번호도 메일도 꽤 많이 외우고 있었던 것 같다.

그래도 억지로 재미없는 뭔가를 외우는 건 지독한 고역이다. 역사나 기술·가정 같은 과목을 공부할 때면 사소한 내용을 달달 외우는 게 도대체 무슨 의미가 있는지 의심스러웠다. 역사서 출간 연도보다 전체적인 흐름을 기억하는 게 중요한 거 아니에요? 방울토마토 기르는 법, 이건 검색하면 다 나오는데요? 물론 이런 항의는 가볍게 묵살되었다. 지금도 방울토마토의 생육은 하나도 기억이 안 나고 방울토마토의 생육을 왜 외워야 하는지 이해할 수가 없다고 토로하던 내 목소리만 기억이 난다.

최소한의 암기가 중요하다는 사실을 부정할 생각은 없다. 창의성이 중요한 시대라고는 하지만 창의성이라는 것도 존재하는 것들의 패턴을 파악하고 거기서 새로운 패턴을 시도해 보는 능력, 전혀 연관이 없어 보이는 분야를 연결해 보는 능력일 테니까. 하지만 어린 시절부터 스마트폰을 잡고 자라나는 사람들은 또 다른 생각을 하게 될지도 모르는 일이다. 암기에서 자유로운 뇌, 그런 것이 있을 수 있을까? 10년 뒤, 20년 뒤 그들이 어떤 이야기를 할지 궁금하다. 빈곤한 상상력으로 도달할 수 없는 근사한 세계가 펼쳐지면 좋겠다.

독서라는 행위를 하려면
부드럽고 연약한 기록재의
표면과 물리적으로
접촉해야 하는 탓에
읽을 때마다 본문이
손상되고, 원본의 일부
요소는 돌이킬 수 없이
훼손되고 만다.

켄 리우, 「고급 지적 생물종의
책 만들기 습성」, 『종이 동물원』
(장성주 옮김, 황금가지, 2018)

『천로역정』 번역 초판본을 만져 본 적이 있다. 맨손으로 만지면 안 되고 양손에 얇은 장갑을 껴야 한다. 책은 오랫동안 보존될 수 있도록 보존 처리가 되어 있다. 찢어진 부분도 떨어진 부분도 없이 말끔하다. 한지에 먹으로 썼을 것이 분명한 책은 부드럽고 보들보들하다. 한 장을 넘기려는데 몇 장의 종이가 겹쳐져 있는 모양인지 제법 두툼하다. 장을 넘길 때마다 사극에서나 보았던 펄럭, 하는 소리가 재현된다. 소유자였을 사람의 낙서도 몇 개 보인다. 손끝으로 글자를 훑으며 근대국어를 읽어 내려간다. "아무리 어려워도 이전에 얻은 은혜를 생각하고 일심으로 주를 믿어 마음을 진정하라. (……)"

이 책은 몇 년 동안 보존될 수 있을까. 종이의 부식을 막고 접착제가 삭는 것을 방지하기 위해 보존 처리를 할 때는 종이의 산성을 제거하고 보관실의 온도와 습도를 철저히 관리하는데, 20세기 초에 나온 영문책들을 별다른 관리 없이 지금 내 책장에 꽂아 둘 수 있는 걸 보면 잘만 보관한다면 몇백 년 단위는 거뜬할 수도 있겠다. 유럽에서 가장 오래된 책은 기원전(기원후가 아니다!) 340년경에 제작된 '데르베니 파피루스'라고 한다. 기원전 5세기 말에 쓰인 책(정확히는 파피루스 두루마리)의 필사본이라고 하는데, 2500년 전의 책이 지금도 살아 있으니 조금 희망을 걸어 봐도 좋겠다.

테크 기업들이 인류의
모든 것을 남김없이
흡수해 버리려고 해도,
종이책 읽기는 그들이
완전히 손에 넣을 수 없는
몇 남지 않은 영역이다.

프랭클린 포어, 『생각을 빼앗긴 세계』
(이승연·박상현 옮김, 반비, 2019)

소셜미디어(페이스북, 트위터, 인스타그램)와 콘텐츠 서비스(유튜브, 넷플릭스, 왓챠, 웨이브, 티빙)와 온라인 커머스(쿠팡, 네이버쇼핑) 사이를 종횡무진하다가 핸드폰의 검은 화면에서 문득 발견하는 것은 피로한 인간의 얼굴이다. 온갖 말들, 이걸 사야 한다는 종용과, 이것이 삶을 윤택하게 해 주리라는 보장, 누군가의 기행, 말다툼, 자랑, 무수한 음해, 따라갈 만하면 생겨나는 유행이 거침없이 눈을 스치고 지나간다. 화면을 끄면 반짝이는 검은 화면은 얼굴을 조각내어 이리저리 비춘다. 나는 시끄러운 도떼기시장에서 막 걸어 나온 사람이 된다.

소란스러운 소식도 핸드폰을 던지면 그만이다. 침대에 엎어 놓는다. 베개 밑에 넣어 둔다. 그렇게 시끄러운 세상이 단숨에 고요해질 수 있다는 사실에 매번 놀란다. 집은 조용하고, 아무도 소리치고 있지 않다. 거대 기업들은 사람들의 시간만을 놓고 땅따먹기를 하고 있는 게 아니다. 그들은 사람들이 소화 가능한 수준의 소음을 놓고도 땅따먹기를 하고 있다. 어떤 말들은 귀하고, 어떤 말들은 시끄러운데, 검은 화면 속에서 그 말들은 모두 섞여 있다.

나는 귀하고 조용한 말을 들으러 간다. 삶의 벌어진 틈을 유영하는 이야기를 읽는다. 비유와 상징과 추상의 글을 읽는다. 140자로 쓸 수 없어 14만 자가 된 노래를 읽는다. 알알이 작은 폐포를 모두 펼친 스무 평짜리 글의 숨소리를 듣는다. 그곳에도 이따금 온갖 말들, 기행, 말다툼, 자랑, 음해, 유행이 있지만 그것들은 왜인지 숨차게 동분서주하지 않고 가만히 실려 간다.

화면 속에서 내가 얻은 귀한 말들을 똑 떼어 내 종이에 묶고 싶다. 더 길게, 더 깊게 말해 달라고 조르고 싶다. 모든 게 흘러가도 이 종이를 내가 가지고 있을 것이라고, 내가 꼭 끌어안고 있을 거라고 말하고 싶다. 그것은 하나도 미련하지 않은 일이다.

왜냐하면 비록 내가 전에
출판하기로 결심한 이유가
매우 강하다 할지라도,
책을 펴내는 작업을
늘 메스껍게 생각한 나의
경향은 즉시 나로 하여금
책을 내지 않기 위한
다른 구실을 발견케 하였다.

르네 데카르트, 『방법서설』
(김형효 옮김, 올재클래식스, 2014)

세상에 너무 많은 말을 하고 있다고 느낀다. 책을 여러 권 냈고 앞으로도 여러 권이 예정되어 있다. 매주 유튜브 영상으로 이야기를 한다. 매주 라디오에서도 이야기를 한다. 너무 많은 말을 하고 있다. 무에 그리 대단한 말이라고?

소설가가 되라는 권유를 여러 번 받았지만 여태 시를 썼는데, 말하고 싶은 것을 말하고 싶지 않았기 때문이다. 나는 현실을 완전히 다르게 빚어내어 뚝뚝 잘라 먹을 수 있는 쫄깃쫄깃한 단어들로 말하고 싶었지, 길고 찰랑한 국수 가락 같은 말을 풀어내고 싶었던 것은 아니다. 소설은 나의 공포에 가깝고 시는 나의 자유에 가깝다. 소설에서 유일하게 찾은 자유가 있다면 그것은 SF의 세계다. 어떤 방식으로든 나는 가까운 세계를 쓰고 싶지 않다.

사는 동안 수십 권의 책을 쓰는 사람들에게 경의를 가지고 있다. 자신의 생각이나 발견에 대한 탄탄한 확신, 혹은 여러 권의 저서를 통해 자신의 생각을 찾아가리라는 확신. 혹은 그들도 불확실한 자기 자신을 붙잡아 두기 위해 책을 쓰고 또 쓴 것일까. 이렇게 말하고는 나도 수십 권의 책을 쓰게 될까.

데카르트는 저렇게 써 놓고 열 권이 넘는 저서를 남겼다. 책 쓰는 일을 메스껍게 생각지 않았다면 50권은 썼을지도 모를 일이다. 근대를 열어젖혔다고 평가되는 데카르트의 확고한 자아 관념이 그 자신에게는 적용되지 않았던 것인지, 혹은 너무나 확고한 인간의 자아를 발견했기에 책 쓰기를 원치 않았던 것인지는 잘 모르겠다. 내가 '생각하기에 고로 존재하는' 존재라면 그 생각을 기록할 수 있는 유일한 수단이 책이었을 텐데 무엇이 그를 주저하게 만들었을까, 나는 괜히 그가 나와 비슷한 거부감을 가지고 있었던 것이 아닐까, 하고 함부로 짐작해 보는 것이다.

토요일이나 일요일 아침에
책을 한 권 들고 가서
오래오래 베이글을 먹는 건
윤나만의 즐거움이었다.

정세랑, 『피프티 피플』(창비, 2016)

028

책을 들고 카페에 가는 것쯤이야 별일도 아니지만 터질 것 같은 백팩을 메고 카페에 가 사르트르의 『말』을 필사했던 아침이 있었다. 가방에는 무거운 노트북과 책 몇 권, 만년필 묶음 같은 것이 들어 있었다. 이사하는 와중에 없어지거나 망가져서는 안 되는 것들이었다. 그날 일정에 필요한 것들까지 싼 가방 때문에 걷는 내내 몸이 휘청거렸다. 따뜻한 아메리카노와 베이글 샌드위치를 시켜 놓고 멍하니 창밖을 바라보았다. 절반쯤 읽은 『말』을 스토퍼로 고정해 놓고 천천히 필사했다.

어떤 날에는 제주도 해변의 카페에서 시원한 아메리카노를 시켜 두고 책과 바다를 밥과 반찬처럼 바라보았다. 무슨 책을 읽었는지는 기억나지 않지만 길가에 단정히 놓인 테이블 너머로 보이던 푸른 수평선은 선명하게 기억에 남아 있다. 명절을 피해 도망친 여행에서 나는 실컷 앉고 실컷 읽고 실컷 걸었다. 캐리어도 없이 들고나온 백팩이 대책 없이 무거웠다. 그 이듬해 또 제주로 도망쳤을 때, 전해에 게스트하우스에서 우연히 만난 오빠들이 만든 카페에 죽치고 앉아 하염없이 읽었다. 돌담에 바람이 불고, 나는 기타리스트 오빠의 반주에 맞추어 이따금 노래했다.

나는 아무것도 이해하지 못하고 아무것도 장담하지 못한 채 가만히 카페에 앉아 있었다. 나는 늘 카페에 앉아 있었다. 나는 늘 책을 들고 가만히 카페에 앉아 있었다. 무엇이 어디로 흘러가는지 몰라 앉아 있기라도 해야겠다고 생각했다. 그렇게 엉덩이를 붙이고 앉아 읽고 쓰는 동안 무수한 시간이 멍청한 나를 통과해 갔다. 그래서 앉아 있는 것도 흘러가는 것이구나, 알게 됐다. 새로운 시작도 성가신 도망도 다 어쩔 수 없는 노릇이었다. 그래도 카페에 앉아 책을 읽는 시간 동안만큼은 아무것도 필요하지 않다고, 혹은 아무것도 흘러가고 있지 않다고 착각할 수 있어 좋았다.

냉장고 문을 열다가,
길을 걷다가, 책을 읽다가,
양파를 썰다가, 심지어
잠을 자던 중에도,
그것이 의식의 표면을
찢어발기며 떠오른다.

배수아, 『멀리 있다 우루는 늦을
것이다』(워크룸프레스, 2019)

029

책이 뭐든 다 해 줄 것처럼 말하고 있지만 그렇지 않다는 것도 안다. 숨도 못 쉬고 책만 읽던 때에도 책을 읽다 말고 집어던진 날들이 있었다. 자다 말고 땀을 흘리며 깨어나고. 조용한 새벽 방 한가운데에 우두커니 서서 별 달빛 같지도 않은 희끄무레한 빛을 바라보면서 절망의 형태는 참 다양도 하구나 생각하고. 그렇게 뜬눈으로 해를 맞이하면 다시 세상이 쿵쾅쿵쾅 다가왔다. 도망가지도 못할 세상이 내 손목을 붙잡고 눈을 정면으로 바라봤다. 그럴 땐 이게 다 뭐람, 책도 절도 없이 나는 헤매는구나, 엉엉 울었다. 세상은 지치지도 않고 다가왔다.

정말로 세상은 지치지도 않고 다가왔다. 제발 그만 오게 해 달라고 빌었지만 소원이 실현된 적은 없다. 나는 손목을 붙잡힌 채 이리저리 끌려다니면서, 무릎이 까지고 발목이 꺾이는 동안 아무 말도 하지 않았다. 아무 말도 하지 않았으므로 나의 증인이 되어 줄 사람들은 모두 자기 몫의 울음을 울러 갔다. 내 마음의 발은 아치가 모두 무너졌다. 책은 내가 간신히 얻은 것이다. 그것은 나에게 안정, 삶, 집 같은 단어이다.

나는 해리포터 책에 나오는
사건들을 빠짐없이 기억했고,
에이미 탄의 소설과
맬컴 글래드웰의 에세이에
실린 이야기들도 선명히
기억했다.

브리 리, 『계란껍질 두개골 원칙』
(송예슬 옮김, 카라칼, 2020)

이 문장에 이어지는 문장은 다음과 같다. "이와 마찬가지로 내가 읽고 고친 법정 기록들 역시 내 안에 차곡차곡 쌓여 역겨운 냄새를 풍기는 도서관을 이루었다." 자, 여기, 내 안에서 악취를 풍기는 이 끔찍한 글들을 봐. 나는 논리정연한 궤변 앞에서 분노하고 진저리 친다. 내가 읽은 아름다운 것들, 십수 년이 지나도 떠오를 문장들 사이에 어떤 구역질 나는 문장들은 오래도록 남아 있을 것이었다.

나의 마음 깊은 곳에서는 몰염치와 광기와 폭력으로 물든 문장들이 나타났다 지워지고, 또 떠올랐다 지워진다. 사건들을 기억하려는 나와 잊으려는 나는 매일 싸우고 있다. 괴로운 거 알아, 하지만 잊어서는 안 돼. 잊어서는 안 돼, 하지만 괴로워. 나와 나의 친구들과 나의 친구들의 친구들이 마주해야 했던 고통이 밀물로 몰려와 나를 쓰러뜨릴 때마다 생각한다. 여기서 발붙이고 서 있는 게 내가 할 일이야. 서 있는 사람이 한 명이라도 더 있어야 해.

어떤 날에는 그저 살아 있는 것만으로도 나의 책무를 하고 있다고 느낀다. 서로 싸우고 상처 입을지언정 한 명의 여성이라도 더 살아서 서로가 서로의 등대가 되는 일만으로도. 그것은 때로 매우 지치는 일이지만, "나는 그녀처럼 강해지는 법을 터득해야만 했다."* 그리고 앞으로도 그래야 할 것이다. 죽음으로 달려가는 생각을 잡아 세우는 법을 배우고, 우리가 곁에 있을 것이고 인생은 수습될 수 있으며 반드시 더 나아질 것이라는 믿음을 빵과 포도주처럼 나눠 마셔야 할 것이다. 그러면 그 믿음이 무한정의 현실이 되어 우리를 살게 할지도 모른다.

* 같은 책, 345쪽

그리고 내일이면
나의 어리석은 책의
다음 페이지로 돌아가서
나의 차가운 불신을 통해 얻은
매일의 감상을
계속 써 나갈 것이다.

페르난두 페소아, 『불안의 책』
(오진영 옮김, 문학동네, 2019)

멍청한 짓을 저지른 후 그걸 수습하는 가장 좋은 방법은 글을 쓰는 것이다. 글쓰기가 멍청한 짓을 무마해 주어서가 아니라 내가 멍청한 짓을 했다는 걸 받아들이게 해 준다는 점에서 그러하다. 노트는 자신의 한심함과 부족함, 답답함, 슬픔, 종내는 그럼에도 이렇게 계속 살아야 한다는 체념으로 가득 찬다. 노트 속에서 세상은 그 어느 때보다도 어둡다. 그러나 빽빽이 채워진 노트는 세상에 대한 그 빽빽한 미련으로 오히려 세상과 자신을 가장 사랑했다는 증거, 더 나아가 사랑하고 싶지 않았으나 사랑할 수밖에 없었던 열렬한 러브 스토리의 증거로 남는다. 그러므로 어리석은 글을 쓰는 사람은 자신을 미워하면서 사랑하고, 세상을 미워하면서 사랑한다.

마찬가지로
어떤 책에 대해서도
그것이 유익한지를 묻지 않고
재능이 있는지를 묻는다.

장 자크 루소, 『학문과 예술에 대하여
외』(김중현 옮김, 한길사, 2007)

쓸모와 아름다움(여기서의 아름다움은 예쁨, 내지는 근사함과 같은 모든 무용함의 영역을 대표하는 말로 쓰고자 한다)을 긴장 상태에 놓는 것은 두 가지 다를 착각하게 만든다. 쓸모 있는 것은 아름다울 필요가 없고 아름다운 것은 쓸모 있을 수 없다는 믿음은 우리의 눈을 가린다. 사람이 빵만으로 살 수 없다는 것은 언급하는 일조차 새삼스러운 주지의 사실이다. 사람들과의 연결, 웃음, 감동, 자신에 대한 뿌듯함, 보람 같은 것들을 우리는 요구하고, 각종 방안(핸드폰으로 유튜브 보기와 같은 간단한 방법을 통해서라도)을 통해 그런 경험과 감정을 획득한다.

아름다운 것은 때로 그러한 방식으로 사람을 살린다. 길을 걷다 들은 음악 한 곡이, 혹은 절망의 끝에서 본 영화 한 편이 자신을 구해 주었다는 느낌을 받은 적이 있는 사람이라면 이 사실을 이해할 수 있을 것이다. 한편 쓸모 있는 것은 때로 아름다운데, 기능에 충실한 제품이 누군가의 시선을 통해 아름다움을 지니게 되기도 하기 때문이다. 영화 『철의 꿈』을 보면서 제철소의 아름다움에 압도된 사람이나, 주어진 기능을 수행하기 위해 가장 사소한 부분까지 세심하게 디자인된 물건을 좋아하는 사람이라면 이 사실을 이해할 수 있을 것이다. 요컨대 쓸모와 아름다움은 완전히 같을 수 없더라도 일정 부분을 공유한다.

더 나은 삶을 살고 더 나은 세상을 만들고자 하는 사람은 둘 중 어느 것도 포기할 수 없다. 더 나은 삶과 세상이라는 개념 자체가 아름다움을 상상해야 도달할 수 있는 종류의 것이며, 그곳에 도달하려면 쓸모 있는 방안이 반드시 필요하기 때문이다. 대립하는 것처럼 보이는 많은 것은 실은 서로를 밀어내는 게 아니라 보충하는 관계에 있다.

권석천이 쓴
『정의를 부탁해』☞034 라는
책을 읽으며 뜨끔했다.

☞034

박주영, 『어떤 양형 이유』
(김영사, 2019)

033

(시민 1이 문에 노크를 한다. 문 반대편에서 양복을 갖춰 입은 법관 1이 문을 열어 준다.)

시민 1: 안녕하세요? 다름이 아니라, 부탁드린 정의는 잘 보관하고 계신지 해서요. 제가 오래전에 맡겨 뒀는데요. 아뇨, 뭐 특별히 사인을 한 건 아닌데 어쨌든 일괄적으로 잘 맡아 주신다고 하셨으니까요. 제가 좀 볼 수 있을까요? 그래도 제가 맡긴 건데 잘 보관하고 계신지 제가 알아야 하잖아요. 들리는 소문으로는 보관 상태가 별로 좋지 않다고 하는데, 설마하니 그러실까 싶어서 한번 확인해 보고 싶습니다. 들어가 봤는데 휑하고 엉망이고 그러면…… 글쎄요, 뭘 해야 할지 모르겠지만요. 한번 보여 주실 수 있을까요?

아니, 그……. 미성년자들을 성 착취하도록 시킨 사람이 받은 형량이 1년 6개월이라고요, 네……. 보관 상태가 엉망이라는 소문이 아니 땐 굴뚝에 난 연기는 아니었나 보네요, 선생님. 선생님, 선생님이 하신 일이 아니라는 게 지금 중요한 건 아닌 것 같습니다. 그 연기를 피운 사람들도 거기 근무하는 거잖아요. 혹시 뭐 징계 같은 게 있었나요? 아니면 변명이라도? 아, 없었다고요……. 이걸 어떡하죠. 무척 혼란스럽네요.

이것 참, 이걸 어떻게 물릴 수도 없고. 제가 뭐 하다못해 불만 표시라도 할 수 있는 방법이 없나요? 아, 시위요. 청원 같은 거……. 그러면 혹시 그 사람들 오장육부에는 아무런 사인이 없나요? 막 미안하고 민망해서 장이 뒤틀리고 그러시진 않던가요? 그럼 혹시나 뭔가 기능에 문제가 생기신 건 아닐까요. 아, 아니라구요, 건강하시다고……. 네, 그러시군요…….

(시민 1이 법관 1의 눈을 오랫동안 바라본다.)

『한국이 싫어서』☞035를
읽는 것도 정작 이 땅을
뜨지는 못하면서 위안을
얻으려는 심정들일 테고,
『미움받을 용기』☞036가
베스트셀러인 것도
그럴 용기 없이 살아가는
사람이 그만큼 많다는
뜻일 거고.

권석천, 『정의를 부탁해』
(동아시아, 2015)

베스트셀러라는 건 아마 이렇게 정해지는 거겠지. 요새 대형 서점에 가면 한 매대 전체에 사람이 누워 있는 책 표지가 깔려 있다는 농담 같은 이야기가 돈다. 다들 쉬질 못해서 그런가 보다. 내 기억이 맞는다면 '뭘 해도 괜찮다'를 주장하는 위로의 책들은 이미 유행이 시작된 지 한참 된 것 같은데 (그 이전 유행이 인문학이었던 것 같고, 그 전이 『시크릿』이었던 것 같다) 아직도 다들 많이 힘든가 보다. 하긴 요새의 삶이라는 게 점점 여유로워지기보다는 자꾸 팍팍해지는 경우가 더 많으니까.

"마음을 위로하는 책을 추천해 주세요." 나는 매번 혼란에 빠진다. 마음에 와닿는 책은 읽으면 어떤 방식으로든 위로가 된다. 그게 슬픈 책이든 웃긴 책이든 담담한 책이든 신나는 책이든, 나와 주파수가 맞기만 하면 그리고 작가가 충분히 고민했다면 어떤 책이든 위로가 된다. 삶의 의미와 인간의 본질을 되돌아보게 해 주고, 일상의 작은 조각을 빛나게 해 주고, 나의 내면을 직면하게 만드는 책들, 삶에 깊이 잠수해 본 사람이 들려주는 자신의 이야기는, 정말로 무엇이든 위로가 된다. 누군가에게는 소설일 것이고, 누군가에게는 에세이, 누군가에게는 시가 되겠지. 그렇게 한 사람에게 위로가 된 책이 다른 사람에게는 아무 의미가 없을 수도 있다.

내가 깊은 슬픔에 빠져 있을 때 나를 위로했던 건 가만히 잡아 주는 손이나 함께 마셔 주는 술, 별일 없다는 듯 들려주는 자신의 이야기와 터놓고 나누는 속 깊은 대화였다. 온종일 들은 음악과 팟캐스트, 영화관에 가서 하루에 세 편씩 보던 영화도 어떤 방식으로든 나를 위로했다. 그중엔 코미디도 드라마도 액션도 있었고, 위로는 그러니까 '내가 지금부터 너를 위로하겠어'라고 말하는 것과는 관계가 없는 것 같다.

탑승 수속을 할 때
무게 제한에 걸려
이민 가방을 풀고
밑바닥에 있는 책을
몇 권 꺼내야 했어.

장강명, 『한국이 싫어서』
(민음사, 2015)

035

이민 가방은 크다. 그냥 큰 게 아니라 정말 크다. 이런 크기의 가방이 존재할 수 있다는 게 놀랍게 느껴질 정도로 크다. 3단 이민 가방 같은 건 높이만 1미터쯤 된다. 나도 미국에서 교환학생을 마치고 한국으로 짐을 부칠 때 온갖 박스와 이민 가방을 썼는데 뭘 넣어도 넣어도 계속 들어가서 놀랐던 기억이 있다(그렇게 큰 이민 가방이 꽉 찼다는 건 더 놀라웠다). 하지만 운송 비용을 고려해서 옷 같은 것으로 적당히 무게를 조절해 주어야 했는데, 그때 이민 가방에 넣었던 옷의 주된 용도는 책을 보호하는 것이었다.

미국에 갈 때도 책을 들고 갔다(세상에). 그때는 전자책도 활발하게 사용되기 전이라 한국어로 된 책을 보려면 들고 가는 수밖에 없었다. 1년 동안 한국어 책을 못 본다는 게 너무 아쉬워서 몇 권을 바리바리 싸 가지고 간 것이다. 그때 들고 간 게 아마 강유원의 『인문 고전 강의』와 단테의 『신곡』, 이마미치 도모노부의 『단테 신곡 강의』였던 것 같다. 지금 사진을 확인해 보니 희미하게 『레전드: 배철수의 음악캠프 20년 그리고 100장의 음반』도 보이고, 내 기억이 맞는다면 『그 섬에 내가 있었네』도 미국 땅을 밟은 책이다.

가끔 유학을 권유하는 말을 듣는데, 치열한 유학 생활에 나 자신을 던져 볼 상상을 하면 어쩐지 책이라곤 외국어로 된 것들 몇 권밖에 없을 그 방이 조금 쓸쓸하게 느껴진다. 이 많은 책을 두고 갈 수 있을까? 어차피 공부하느라 바빠 신경을 못 쓸 테지만 그래도, 정말로, 무척 외로울 것 같다. 전자책으로 그 외로움을 완전히 달랠 수 있을지는 모르겠지만 전자책이나마 존재하는 게 얼마나 다행인지. 유학 계획이라고는 아직 한 톨도 없으면서 왠지 벌써 조금 지치고 외롭다.

300페이지 가득 반복되는
"'내'가 바뀌면 '세계'가
바뀐다. 세계란 다른 누군가가
바꿔 주는 것이 아니라,
오로지 '나'의 힘으로만
바뀔 수 있다"와 같은 이야기가
막연한 희망과 헛된 용기로
그치지 않으려면, 세계와
구조에 대한 성찰이 반드시
동반되어야 한다.

한승혜, 『제가 한번 읽어보겠습니다』
(바틀비, 2020)

『미움받을 용기』는 가지고 있지 않아서 대신 『미움받을 용기』에
관한 글 중 한 문장을 가져왔다. 『제가 한번 읽어보겠습니다』는
베스트셀러를 읽을 일이 거의 없는, 하지만 출판계 동향을 파악
하고 있어야 하는 나 같은 독자에게 안성맞춤인 책이었다. 이 책
에서 다루는 스물여덟 권의 베스트셀러 중 내가 읽은 책은 겨우
네 권이었으니까.

베스트셀러 목록과 내가 읽은/읽고 있는/읽을 책의 목록이
겹치는 경우는 별로 없다. 으레 베스트셀러 목록에는 실용성이
돋보이는 책, 재미있고 잘 읽히는 책, 유명 저자가 쓴 책 이렇게
세 카테고리 중에서 마케팅에 성공한 책이 한자리를 차지하는
데, 일단 실용성은 내가 책에서 가장 기대하지 않는 항목이고 나
는 책에서 모두의 재미보다는 나만의 재미를 찾고 있으며 유명
저자에게도 큰 관심이 없기 때문이다. 이렇게 쓰고 보니 되게 마
니악한 사람 같네.

베스트셀러에 조금 더 관심을 가지면 좋을 것 같은데 이미
읽어야 할 책이 되게 진짜 너무 정말 많다. 미안하지만 이번 생에
는 인연이 아닌가 보다. 아니면 내가 관심 있어 하는 책들이 초대
형 베스트셀러가 되는 날이 올 수도 있을까? 『82년생 김지영』이
나 『우리가 빛의 속도로 갈 수 없다면』처럼? 그런 날이 온다면 조
금…… 무서울 것 같기도 하다. 베스트셀러 목록에 『니체 입문』
이나 『하드 SF 르네상스』 같은 책이 잔뜩 올라 있는 사회라면,
음, 그 진지함과 추상성에 조금 무서워질지도. 그런 사회는 재미
라고는 하나도 없을 것만 같다. 앗, 그게 독일이라고요?*

* 물론 농담이다. 하지만 독일에서는 법전이 베스트셀러라는
무시무시한 이야기를 들은 적이 있다.

몇 년 전의 너는
나이에 맞지 않는 너무 쉬운
책을 읽으며 문장을
익혔지만, 이제는 나이에
맞지 않는 너무 어려운
글을 읽기 시작했다.

문목하, 『유령 해마』(아작, 2019)

초등학교 6학년 때 다니던 대형 어학원에서는 특이하게도 나와 다른 학생 두엇 정도만 듣는 아주 소규모의 영어 강의가 있었는데, 그건 뭐랄까, 소규모 특별반이라기보다는 그냥 신청한 학생이 적은 반이었다. 그 반을 맡은 강사는 기껏해야 30대, 아무리 봐도 20대를 넘지 않아 보이는 젊은 사람이었다. 그는 매주 앞자리에서 헤드뱅잉을 하며 조는 초등학생이었던 나를 측은히 여겨 주었기 때문에 나는 그를 좋은 사람으로 기억하고 있다.

그가 쿨한 강사였다는 또 하나의 증거는 내가 가져간 발표 주제 때문이었다. 때가 되면 자신이 주제를 정해 반 사람들 앞에서 영어로 말하기를 해야 했는데, 그때 한창 『엘러건트 유니버스』, 『쿼크로 이루어진 세상』 유의 교양물리학 책에 빠져 있었던 나는 초끈이론을 주제로 발표를 하겠다고 했다. 사실 수업 시간에 맨날 졸았기 때문에 뭘 발표해야 할지 감이 없는 상태라 그냥 요새 재미있게 느끼는 걸로 하겠다고 한 것이다. 선생님이 놀란 눈초리로 "Superstring theory? Really?(초끈이론? 진짜로?)"라고 물었고 나는 약간 눈치를 보면서 고개를 끄덕였다. 뭐, 모르는 단어는 사전 찾아가면서 하면 되니까. 영어 말하기 발표 주제로 초끈이론을 들고 온 초등학교 6학년에게 이 선생님은 친절하고 쿨하게 그러라고 했고, 다음 주에 나는 A4 용지에 대충 써 간 내용을 두 명 앞에서 간신히 발표했다. 말리지도 비웃지도 않고 힘차게 박수를 쳐 준 우리의 젊은 영어 강사에게 박수를.

어린 시절에는 뭘 읽는지도 모르고 읽었던 책이 너무나 많고, 그렇게 읽은 책이 없었다면, 그리고 뭔지도 모르고 신나서 떠든 그 이야기들을 친절히 들어 준 어른들이 없었다면 나는 무척 위축되어 아마 책에 흥미를 잃었을지도 모른다. 어린이들이 실컷 읽고 실컷 떠들도록 두어야 한다.

어린 여자애가 읽기에
적당한 책은 아니지요.

조지 엘리엇, 『플로스 강의 물방앗간』
(한애경·이봉지 옮김, 민음사, 2007)

2020년 8월, 어린이의 성인지 감수성을 키워 주기 위한 목적으로 만들어진 '2020년 나다움 어린이책' 도서 목록 145종 중 일곱 종(총 열 권)에 김병욱 의원과 '동성애동성혼반대국민연합', 『크리스천투데이』, '나쁜교육에분노한학부모연합', '반동성애기독시민연대' 등이 문제를 제기했고 정부는 이 책들을 회수했다. 이 단체들이 제기한 문제는 문제의 책들이 동성애를 조장하고 조기 성애화를 야기한다는 것이었는데, 헌법에 정교분리가 명시되어 있는 국가에서 기독교적 성교육을 주창하는 사람들의 주장을 허겁지겁 받아들인 문제는 둘째로 치더라도, 이미 왜곡된 성 감수성을 보여 주는 매체에 노출될 확률이 높은 아동에게 유네스코가 선정한 포괄적 성교육 가이드라인에 부합하는 책을 볼 수 있도록 기회를 주는 사업을 막는 것이 대체 어떤 지점에서 '교육적'이란 말인지 알 수가 없다. 심지어 저 책 중 한 권은 덴마크에서 1971년에 나와 덴마크 문화부 아동도서상을 받기도 했다. 1971년이면 50년 전이다. 오히려 이제는 여성주의적 관점에서 낡은 도서라는 비판도 있다. 한국에서는 그렇지 않은 모양이지만.

　대체로 저 단체들은 '동성애를 조장한다'는 포인트에 상당히 꽂혀 있는 것으로 보이는데, 동성에게 성적 매력을 느끼는 사람이 엄연히 존재하고 그들을 그 이유로 억압하고 차별해서는 안 된다는 말이 동성애를 '조장'하는 말이라면, 여성으로 태어난 사람이 엄연히 존재하고 여성이라는 이유로 사람을 차별하면 안 된다는 말은 여성을 '조장'하는 말일까. 서로 다른 동물이 사랑하는 이야기를 두고 '이종 간 결합', '수간' 운운하는 데에 이르면 그들은 도대체 무슨 눈으로 이 세상을 바라보나 싶어지는 것이다. 전해 듣기로 하나님은 낮은 곳에 임하신다는데, 그들은 그 낮은 곳이 자신들이 받는 핍박이라고 생각할까?

당신은 일 년 동안
여성에 대해 쓰인 책이
얼마나 많은지
알고 있습니까?

버지니아 울프, 『자기만의 방』
(이미애 옮김, 민음사, 2006)

039

잘 알려진 대로 최근 몇 년간 페미니즘을 주제로 한 책이 쏟아져 나왔다. 이르게는 2015년 「IS보다 무뇌아적 페미니즘이 더 위험해요」라는 칼럼, 그보다 결정적으로는 2016년 강남역 살인 사건 이후 '페미니즘 리부트'의 물결을 타고 많은 이가 페미니즘을 삶의 일부로 받아들였기 때문이다. 그 말인즉슨 많은 생산자와 독자가 생겼다는 뜻이고, 하나의 거대한 시장이 생겼다는 뜻이다.

출판계가 페미니즘의 물결에 가장 뚜렷하게 반응한 것은 필연적이었다. 새로운 물결을 맞이한 페미니스트들에게는 그 무엇보다 자신의 경험을 서술할 언어가 필요했고, 더 나아가 그 경험을 토대로 새로운 세상을 그릴 언어가 필요했다. 인터넷의 분절된 언어가 아닌 긴 호흡의 논의가 절실해졌다. 이 정도로 강력하게 책을 필요로 하는 동인은 흔치 않다. 여성들은 페미니즘의 언어를 통해 자신의 몸을, 자신의 지위를, 자신의 얼굴을, 자신의 말을 찾게 되었다. 그렇게 몇 년이 흐른 지금, 이제는 페미니즘에 관한 책이 아니더라도 여성 작가들의 책 전반에 페미니즘이 자연스럽게 스며들어 있는 것을 볼 수 있다.

나의 '페미니즘 책장 칸'에는 각양각색의 책이 꽂혀 있다. 그 주제는 시댁에서의 가족 호칭 변경 분투기에서부터 기독교 내에서의 여성 혐오, 교육 현장에서의 성차별, 과학계의 성차별, 방송계와 음악계의 성차별에 이르기까지 방대하다. 얼마나 많은 이가 자신의 자리에서 분투하고 있는지. 이 분투가 더는 필요하지 않은 날을 인내심 있게 기다린다.

돈키호테는
실제로 책이 되었고,
따라서 자기 자신으로서의
책에 충실해야 한다.

미셸 푸코, 『말과 사물』
(이규현 옮김, 민음사, 2012)

첫 책 『독서의 기쁨』 원고를 완성했을 당시 담당 편집자가 완성된 원고를 주변 사람 몇에게 보여 주고 반응을 보았다. 그중 흥미로웠던 반응은 나의 나이와 성별을 짐작하기가 어렵다는 것이었다. 나이가 꽤 있는 남성 작가의 책으로 인식한 사람들도 있었다. 이 반응은 출간 후에도 계속되어 책을 읽은 후 유튜브 채널을 찾아본 사람들이 깜짝 놀랐다고 말한 경우가 적지 않다. 『독서의 기쁨』보다 훨씬 더 마음대로 쓴 『활자 안에서 유영하기』에 이르러서는 그 간극이 더 벌어진 것으로 알고 있다. 성별과 나이에 맞는 글쓰기 기법 같은 것은 없다고 믿는 사람으로서 그러한 반응을 기쁘게 생각한다.

대학을 다니며 혼자 음악을 만들고 블로그에 글을 쓰던 때, 블로그 이웃들을 실제로 만났을 때도 놀란 사람들이 있었다. 이렇게 밝고 말 잘하는 사람일 거라고는 예상하지 못했다고 했다. 물론 내가 가지고 있는 방어기제가 작동한 까닭도 있겠지만, 우울하고 시니컬한 글을 쓰는 것과 처음 보는 사람을 만나 친절하게 행동하는 것은 대개 같은 사람의 다른 면일 뿐이다.

글은 쓴 사람이 지니고 있는 내면의 일부를 보여 준다. 그것은 전부가 아니며 또한 외면이 아니다. 책은 저자가 아니라 저자가 가진 일부를 뽑아내 차근차근 꿰어 낸 것이다. 그러므로 그 모두가 허구인 것도 아니다. 그러한 내용은 분명히 그의 안에 존재한다. 혹은 그 내용이 그의 핵심적인 부분일 수도 있다. 책은 탄생하는 순간부터 저자에게서 분리되어 새로운 의미를 획득하는 동시에 저자의 핵심적인 일부로 존재한다는 아이러니 상태에 처해 있다. 독자들의 보편적인 공감을 얻기를 바라는 동시에 나의 일부로 남기를 바라는 모순적인 마음이 이 책에도 군데군데 묻어 있다.

갓 태어난 손주를 위해
나탈리는 『플라톤의 비밀』
이라는 책을 선물한다.

김혜리, 『나를 보는 당신을
바라보았다』(어크로스, 2017)

책은 선물하지 않는 것이 일종의 불문율인 듯하다. 상대가 책을 좋아하지 않는다면 고리타분한 사람이라는 인상을 줄 수도 있고 선물한 책의 행방도 장담할 수 없다. 반대로 상대가 책을 좋아한다면 이미 가지고 있는 책일 수도 있고 그의 취향과 맞지 않을 수도 있다. 그래서 대개 잘 아는 사람에게 맞춤형 책을 주거나, 선생님이 제자에게 주거나, 혹은 책이 어떤 취급을 받든 괜찮다고 생각할 때 책을 선물하는 경우가 많은 것 같다.

작가가 되고 나면 여기에 하나가 더 추가되는데, 내 책을 주는 경우다. 책이 나오면 출판사에서 작가 몫으로 몇 권을 보내 준다. 많은 분량을 주지는 않기 때문에 누구에게 책을 줄지 고심하게 된다. 책을 준다고 말하기도 전에 먼저 사서 사진을 보내오는 친구들도 있고, 책을 주는 김에 만나서 근황을 나누게 되는 친구들도 있다. 친한 사이는 아니지만 왠지 책을 보내고 싶은 사람도 있고, 전에 나에게 자신의 책을 보내 준 작가에게 보답해야겠다는 생각도 든다. 이 사람한테 보내려면 이 사람도 보내야 하는데? 둘 다 보낼까? 둘 다 보내지 말까? 이런 생각을 하며 반경을 넓혔다 좁혔다 하기도 한다.

쑥스러운 선물이다 보니 한껏 떨리는 마음으로 명단을 쓰게 된다. 자, 이게 바로 제 책입니다, 버리지 말고 보아 주십시오, 하지만 부끄러우니까 읽지는 않으셔도 됩니다, 하지만 열심히 썼으니까 한번 읽어 봐 주십시오, 하지만 읽지 않으셔도 됩니다. 이 책도 부끄러움 51퍼센트와 읽히기를 바라는 마음 49퍼센트로 선물하게 될 테지만 부끄러움이 51퍼센트니까 취향에 맞지 않아 읽히지 않아도, 펼쳐지지 않은 채 책상 구석이나 책장으로 직행해도 괜찮을 것 같다. 하지만 만약 저에게 책을 선물 받았는데 여기까지 읽으셨다면, 저의 사랑을 내놓으라고 저에게 메시지를 보내 주세요.

어쩌다 우연히 알게 된 사람이
억지로 우리 식탁에 와 앉거나,
또는 그 사람이 옆에 앉은 사람들의
저속한 대화에 정신이 팔려
내가 말하는지 어떤지도
알지 못할 때, 또는 하나의 물건,
이를테면 한 권의 책조차도 모두
불쾌한 것이다.

롤랑 바르트, 『사랑의 단상』
(김희영 옮김, 동문선, 2004)

042

이 영문을 알 수 없는 문장의 앞뒤에는 내가 사랑하는 사람의 주의를 끄는 모든 것이 미세한 질투(진정한 의미에서의 질투라기보다는 독점이 중단되는 데에 느끼는 약간의 불쾌감)를 불러일으키며, 그 질투가 질투의 대상과, 내가 사랑하는 사람과, 나 자신에게까지 분노를 불러일으킨다는 내용이 쓰여 있다. 이를테면 그 사람이 다른 이에게 나눠 주는 오렌지 한 쪽마저 나에게 은근한 질투를 유발하며(이 장의 제목이 '오렌지'이다), 거기에 질투를 느끼는 내가 스스로 한심하다고 생각하는 것이다. 나도 그 사람도 이 세상 속에 살며 여러 가지와 관계를 맺고 있으니 이 불쾌의 순간을 사라지게 만들 수는 없다.

나의 첫 '오렌지'는 독실한 기독교 신자의 신심이었다. 그는 마찬가지로 독실한 신자인 어머니 밑에서 태어나 인생의 나락에 이르렀을 때 신을 통해 구원받았다. 나는 그의 1순위였지만 그의 0순위는 신이었다. 그는 힘들 때면 주기도문을 외웠다. 그는 자신의 구원을 의심하지 않았다. 그는 내가 지옥에 갈 것을 걱정했다.

0순위를 이길 수 있다고 생각한 적은 없다. 그러길 바란 적도 없다. 그 역시 나에게 적극적으로 전도하지 않았으며 다만 내가 자연스럽게 깨닫기를 기다렸을 따름이다. 나는 그가 나에게도 이러한 질투를 느꼈는지, 이러한 질투를 느끼는 게 어떤 경험인지 알고 있었는지 궁금하다. 그의 오렌지는 존재하는 것이 분명한 저기 어딘가의 지옥이었을까? 단테의 말에 따르면 소크라테스와 플라톤이 지옥에 있다던데 지옥에 가면 그들을 만날 수도 있지 않을까, 장난스럽게 말하면 이내 얼굴이 굳던 그에게는. 그런 순간순간이, 나를 지옥에 빼앗기는 그 작은 순간들이 단단하고 시큼한 오렌지가 되어 그의 곁을 데구루루 굴러갔을까? 피안의 세계에는 관심도 없는 연인을 두었던 독실한 신자의 신맛은.

지은이는 그 책에서
물리학이 영생과 신의
존재를 증명할 수 있다고
주장합니다.

한스 페터 뒤르 외, 『신 인간 과학』
(여상훈 옮김, 씽크스마트, 2018)

043

이런 발상으로 쓰인 근사한 소설이 테드 창의 「옴팔로스」다. 「옴팔로스」가 그리는 세계에서 과학은 신의 (아마도 기독교의) 위엄과 긍휼을 증명하는 최고의 도구다. 과학자들은 나무의 나이테가 멈추는 지점에서 천지를 창조한 해를 역산해 내고 뼈끝선이 없는 대퇴골로부터 신의 존재를 증명한다. 그런데 어느 날 한 과학자가 천체의 운동을 연구하다가 우주의 중심으로 보이는 다른 행성을 발견하게 되고, 인간이 신의 창조의 부산물에 불과할지도 모른다는, 의도 없이 만들어진 우연의 결과일지도 모른다는 주장을 한다. 그러니 이 소설은 이 문장에 대해 이렇게 물을 수 있다. "신이 인간을 만들었고, 과학이 그것을 뒷받침할 수 있다고 해도, 그것이 신의 의도를 설명해 주지는 못하지 않는가?"

주인공은 신에게 기도한다. 자신은 늘 당신의 의도에 따라 행동한다고 믿어 왔다고, 하지만 만약 당신에게 아무런 의도가 없었다면, 자신의 성취감은 인간이 자기 스스로 삶의 의미를 만들어 낼 수 있다는 증명이라고. 신의 존재를 증명하는 것이 곧 신이 인간을 만들었다는 증명이 아니며, 신이 의도를 가지고 인간을 창조했다는 증명도 아니라는 걸 소설은 보여 준다. 그러니까 물리학이 신의 존재를 증명한다고 해도 우리는 여전히 먹어야 하고 자야 하고 언젠가는 죽기도 해야 한다. 내 고통에 의미가 있는지 없는지 신에게 직접 물어보지 않는 이상 알 길도 없다. 결국 내 삶은 내가 사는 수밖에 없다는 말이다. 정말 지치는 일이네.

삶을 떠넘기고 싶은 충동, 좀 기대고 싶은 불안, 무거운 짐을 덜고 싶은 마음에 종종 휘둘린다. 이 봇짐 좀 대신 져 달라고 할 수도 없고……. 손톱을 깎아서 버리면 쥐가 먹고 내 분신이 된다는데 분신을 만들어서 좀 부탁하려고 해도 요새는 쥐를 통 만나 보기도 쉽지 않고……. 그래도 이 짐 다 지고 가는 게 인간이니까, 바닥에 풀어 헤친 짐을 다시 꽁꽁 싸매고 걷는다.

난 린튼에게 보이려고
제일 재미있는 책 몇 권을
가지고 갔었거든.

에밀리 브론테, 『폭풍의 언덕』
(김종길 옮김, 민음사, 2005)

044

유년기의 책장은 우리 집에 있지 않다. 유년기의 책장은 남의 집, 학급문고, 도서실, 도서관, 만화방 등에 산재해 있다. 서로가 서로에게 보여 주는 책이 나의 책이 되고 너의 책이 된다. 친구네 집에 놀러 갔다가 친구가 자랑하는 『만화로 보는 그리스 로마 신화』가 내 손에 들리기까지는 그리 오래 걸리지 않았다. 양귀자의 『누리야 누리야』나 베르나르 베르베르의 『개미』와 『개미혁명』(지금은 『개미』 시리즈로 합본되어 있는) 같은 책도 차례차례 나의 '남의 책장 대여 목록'에 올랐다. 대신 나는 『역사신문』이나 『먼나라 이웃나라』 시리즈 몇 권을 들고 갔다. 어린 날의 취향은 혼자 만들 수 있는 것이 아니어서 모두가 힘을 합쳐 이것저것 읽어 보는 수밖에 없다.

학교에 누가 잔뜩 가져온 만화책을 사물함에 넣어 두면 저마다의 진도에 따라 한 권씩 빌려 가고, 다 읽은 책을 사물함에 반납하고, 다시 누가 빌려 가고, 야 16권 누구한테 있어, 18권 사물함에 있었는데 어디 갔어, 뭐야 15권 ○○한테 있다더니 없는데, 이런 대화를 나누고, 어쩌다 한 명이 한 권을 잃어버리기라도 하면 만화책 주인이 울상이 되고, 잃어버린 사람이 미안하다며 다음 날 그 책을 사 오고, 잃어버린 줄 알았던 그 책이 사물함 옆 칸에서 발견되고, 어느 캐릭터가 좋네 누구는 쓰레기네 너 지금 누구 욕했냐 하며 갑론을박을 벌이고, 그렇게 남의 책이 나의 책이 되고 나의 책이 남의 책이 되었던 기억이 그때 먹었던 아주 맛있는 학교 앞 떡볶이만큼 행복하게 남아 있다.

장인 미렉은 무기와 비단과
벨벳과 황금으로 가득 찬
보물 창고에서 금 촛대에
타고 있는 촛불에 의지해
헤라트파의 옛 장인들의
전설적인 책과 그림을
사흘 동안 쉬지 않고 본 후에
장님이 되었다.

오르한 파묵, 『내 이름은 빨강』
(이난아 옮김, 민음사, 2009)

쓸데없는 짓 하지 말고 빨리 자라고 혼내지만 않았어도 지금 라식을 하고도 이틀에 한 번꼴로 드림렌즈를 끼워야 할 일은 없었을 것 아니냐 이 말이다. 엄마의 눈초리를 피해 나는 이불을 뒤집어쓰고 손전등을 켜서 책을 읽곤 했는데, 내가 잠을 자는지 확인하러 들어온 엄마에게 눈에 치명적일 것이 분명한 이 습관을 들키면 몇 배로 더 혼이 났다. 남의 집 엄마들은 책을 읽으라고들 못 해서 안달인데 장려는 못 해 줄망정 이렇게 혼내다니!(그렇다. 나는 지금까지 당한 남의 집 자식과의 비교를 조금 복수하는 중이다.) 음…… 사실은 근시인 아빠를 닮아 눈이 안 좋아진 것 같지만.

어린이 시절, 책을 너무 많이 읽다가 눈이 멀어 버렸다는 작가들의 이야기를 들을 때면 막연히 무서우면서도 내 일이 아닌 것 같은 초현실적인 감각이 있었다. 이를테면 호랑이가 아이들을 잡아먹으려고 인간 여자 옷을 입고 인간 여자 목소리를 냈다더라는 말과 비슷하게 들렸다. 하지만 그런 대책 없는 천진함은 어려서 가능했던 것이고, 이제는 그런 일이 정말 가능하다는 것도 알고 눈이 침침해지는 과정이 그다지 엄살 부릴 일이 아니라는 것도 안다. 사람에 따라 차이는 있을지언정 모두가 그렇게 되곤 하는 것이다.

그러니 드림렌즈로라도 시력을 유지할 수 있을 때 많이 읽을 것. 놀러 다닐 것. 좋고 슬픈 것을 볼 것. 사람의 눈물을 보고 뛰어다니는 개를 볼 것. 숨은 것과 숨으려 간 것을 볼 것. 눈으로 볼 수 없는 것을 볼 것. "중요한 건 눈에 보이지 않는다"고들 하니까. 그렇게 인생의 긴 할 일 목록에 쓰고 한참 동안 잊어버릴 항목을 꼼꼼히 덧붙이고, 30년쯤 후에 중간 점검으로 당당히 체크 표시를 할 날을 기다린다. 오늘은 드림렌즈를 끼지 않아도 되는 날이니 침대에 누워 『2084』를 읽다 잠들 것이다.

윈스턴은 일할 때는
다리 사이에 끼워 두고
잘 때는 깔고 잤던,
'그 책'이 든 손가방을 들고
집으로 들어왔다.

조지 오웰, 『1984』
(정회성 옮김, 민음사, 2003)

『1984』는 미친 책이다. 그렇게 말할 수밖에 없다. 문장 수집을 하느라고 펼쳤다가 세상에, 처음부터 끝까지 또 읽었다. 지금까지 읽은 횟수만 해도 세 번은 족히 될 것 같은데 또 펼치는 바람에 또 읽어 버리고 만 것이다. 책장에 기대 다리 사이에 끼워 두고 읽다가 책상에 앉아서 바른 자세로 읽다가 결국은 침대에 누워서 쉬지 않고 다 읽은 다음 깔고 잠들었다. 책에 무슨 약이라도 쳐 놓은 건지, 펼치면 무조건 읽어야 하는 마법이라도 걸어 놓은 건지 하여간 펼치기만 하면 이 모양이다.

이번에는 가지 못한 여름 휴가를 만끽하는 기분으로 읽었다. 여름 휴가철에는 왠지 좀 사람이 몇 명 죽고, 인류가 통제당하고, 초고지능 어린이가 음모를 꾸미고, 귀신이 문을 두드리고, 좀비 떼가 창궐해야 할 것 같은 기분이 있다. 푹푹 찌는 날씨에 숨이 턱턱 막히는 책을 읽을 에너지가 없어서 그런가 보다. 읽고 있으면 괜히 좀 서늘해지는 기분이 들기도 하고. 실제로 공포 영화를 보면 체온이 내려간다는 연구 결과도 있다는데, 아마 밤에 혼자 있는 집에서 읽으면 연구 결과보다 좀 더 내려갈 것이다.

이왕 『1984』를 읽은 거 오랜만에 영화 『이퀼리브리엄』도 다시 볼까 싶어 검색해 봤더니 찾을 수가 없다. 테리 길리엄의 『브라질』을 볼까 했더니 이것도 없고…….* 아니, 결제해서 쓰고 있는 스트리밍 서비스가 왜 다 이 모양이야? 결국 책장에서 주섬주섬 『화씨 451』을 가져왔다. 책 없는 디스토피아, 책이 금지된 파렴치한 세상이 얼마나 무서운지 다시 한번 읽어 볼 생각이다. 으, 생각만 해도 여름 휴가에 어울리는 섬뜩한 세상이라니까.

* 지금은 '왓챠'에 업데이트되었다.

공쿠르 책이
어디 있다고요?

케이트 쇼팽, 『각성』
(한애경 옮김, 열린책들, 2019)

047

아직은, 다행스럽게도, 모든 책의 위치를 기억하고 있다. 그럴 수 없게 되는 순간이 오면 책을 정리해야 할 것이다. 지금 가지고 있는 책은 어림잡아 1000권이 조금 안 된다. 일일이 세 본 건 아니니까 틀릴 수도 있다. 마지막으로 셌을 때가 600권대였으니까 지금은 1000권이 넘을 수도 있고. 어쨌든 어떤 책이 있고 없는지, 어느 책을 찾으려면 어디로 가야 하는지 아직은 안다.

방에 넘쳐 나는 책을 감당하지 못해 독립을 했지만 책이 늘어나는 속도는 줄지 않고 있다. 내가 사 놓고 내가 놀라는 건 좀 양심 없는 걸까. 분명히 책장 몇 칸이 비어 있었던 것 같은데, 왜인지 가로로 쌓는 책이 다시 늘어났다. 언제 이렇게 됐지? 그래도 아직은 유명한 애서가들에 대면 새 발의 피도 안 되니까 괜찮은 게 아닐까?

그 사람들도 이런 생각으로 그렇게 됐으려나?

솔직히 말하면 책이 되게 많다고 생각해 본 적은 없다. (여기서 알라딘 구매 순위 상위 0.01퍼센트를 찍은 동료들이 혀를 끌끌 차는 소리가 들린다.) 이만하면 책으로 먹고사는 것치고는 소박한 용량인 것 같다. 막 만 단위로 가지고 있는 사람들도 있던데. 구독자들은 하루가 다르게 늘어만 가는 책을 보면서 다시금 책장의 복지를 걱정하고 있지만 아직은 책장도 튼튼히 버텨 주고 있다. 문제는 책장이 아니라 이사인데, 그건 아직 코앞에 닥친 미래는 아니니까, 미래의 내가 어떻게든 해 주겠지. 역시 문제는 집이구나, 집. 내 집 마련의 필요성을 갑자기 깨닫는 밀레니얼 세대 저자는 갑자기 암울함을 느끼는 것이었다.

비오이가 가져온 책은
틀림없는『영미백과사전』
제46권이었다.

호르헤 루이스 보르헤스,「틀뢴,
우크바르, 오르비스 떼르띠우스」,
『픽션들』(황병하 옮김, 민음사, 1994)

048

책이 아주 많은 집은 아니었지만 우리 집에는 언니를 위해 샀을 한국 근현대문학 전집과 내가 즐겨 읽던 어린이를 위한 위인전 전집이 있었다. 위인전을 읽고 있으면 아빠는 와서 자신이 어릴 때 위인전을 읽으며 훌륭한 사람이 되리라 다짐했었다는 이야기를 들려주기도 했다. 한번은 한국 근현대문학 전집을 갖다 버리겠다고 하는 엄마에게 박박 우겨서 못 버리게 했는데, 결국은 거의 못 읽고 학창 시절을 지났다. 옥색 빛깔 양장본이었는데. 제법 운치 있었는데. 이사를 다니고 다니고 하면서 모두 버렸다. 지금까지 가지고 있었어도 읽었을 것 같지는 않지만.

한때는 민음사 세계문학 전집을 향한 열망에 사로잡혔고, 대학을 졸업하면서는 부모님께 펭귄클래식 세트를 선물 받았다. 지금은 유예 중이지만 책세상의 '니체 전집'과 숲의 '원전으로 읽는 순수고전세계' 시리즈 그리고 아카넷의 칸트 시리즈를 드래곤볼처럼 차근차근 모으겠다는 목표도 가지고 있다. 황금가지 환상문학 전집까지는 조금 욕심일까? 니체 전집은 이제 양장본을 찾기가 힘들고 거의 반양장이라 좀 아쉽지만 어쩔 수 없지. 지금은 포화 상태인 책장에 더는 욱여 넣을 곳이 없어 서두르질 못하고 반양장만 가끔 사고 있다. 이러다 절판되면 땅을 치고 후회할 것을 알고 있지만 별수 없다.

언제든 내가 원하는 내용을 쓱 뽑아서 읽고 싶다는 데에서부터 전집을 향한 욕망이 피어올랐던 것 같다. 착실하게 완성된 결과물이 질서 정연하게 꽂혀 있어서 나는 헤맬 것 없이 그곳에 손만 뻗으면 된다는 것. 원하기만 하면 니체 전집 3권과 14권을, 아니면 1권과 5권을, 혹은 13권과 16권과 21권을 함께 펼쳐 놓고 오갈 수 있다는 것. 그 책들의 용어와 형식이 통일되어 있어 추가적인 수고를 할 필요가 없다는 것. 물론 근사하게 책장 한 면을 꾸며 주기 때문이라는 이유가 없진 않았을 테지만서도. 111

부모님께 들키지 않으려고
그는 손전등을 들고
이불 속에서 책을 읽곤
하였다.

아서 클라크, 「긴장 탈출」,
『아서 클라크 단편 전집 1937-1950』
(심봉주 옮김, 황금가지, 2011)

역시 나만 그런 건 아니었던 것이다.

아무리 '도서관'이
거대하다 할지라도 똑같은
두 권의 책은 없다.

호르헤 루이스 보르헤스,
「바벨의 도서관」, 『픽션들』
(송병선 옮김, 민음사, 2011)

가끔은 책의 지속성을 믿어 보고 싶어진다. 지금껏 그러했듯 인간이 존재하는 한은 책이 계속 나오리라 믿어 보는 것이다. 매체의 형태가 최근 수십 년간 디지털로 급격히 변화했지만, 책보다 훨씬 많은 자원을 필요로 하는 디지털 디바이스들은 안정성도 장래성도 떨어진다. 이 유한한 지구에서 무한정 아이패드를 만들어 낼 수 있을까, 나는 회의적이다(이 글은 아이패드로 쓰고 있지만). 어쨌든 디지털 디바이스라는 것도 지구에 있는 물질로 만들어 내는 것이고, 책보다는 아이패드를 만드는 데 들어가는 자원이 훨씬 많으니까. 게다가 하드디스크도 제대로 보관하지 않으면 책처럼 부식되어 버린다. 우리는 디지털 매체의 힘을 강력하다고 느끼지만, 시간의 스케일을 300년, 700년, 1500년, 3000년으로 잡으면 그 힘은 갑자기 시들해진다.

물론 누군가는 새로운 기술을 발명하고 이 글은 어리석은 망자의 글이 될지도 모른다.

그러나 원자들의 침묵이
밤의 대기 속으로
비처럼 쏟아져 내리고
알파벳의 말 없는 글자들은
두루마리 책자 volumen 의
단 paginae 위에 줄지어 있다.

파스칼 키냐르, 『음악 혐오』
(김유진 옮김, 프란츠, 2017)

051

네모난 것을 생각한다. 네모난 것, 그 안이 검고 붉게 빽빽이 채워진 것, 작은 직선과 곡선으로 촘촘히 직조한 것을 생각한다. 나는 핀셋을 들어 종이에서 네모난 글 뭉치를 조심스럽게 분리해낸다. 살짝 흔들면 찰랑이는 글의 물결. 정갈한 글에서는 쉼표 하나 떨어지지 않는다. 페이지마다 분리해 낸 글을 모아 한편에 쌓고 재봉틀을 꺼낸다. 두 편의 글을 핀셋으로 가져와 재봉틀에 0.5센티미터 정도가 겹치게 놓아두고 드르륵, 박음질한다.

나는 돛을 지을 요량이다. 커다란 삼각돛을 지으려는 것이다. 뒤에서 불어오는 바람에는 몸을 싣고 앞에서 다가오는 바람에는 방향을 이리저리 틀어 가며 앞으로 나아갈 계획이다. 잘 지어진 글은 아주 튼튼해서 나를 멀리 데려다준다. 돛을 믿고 먼 곳까지 나아갈 것이다. 한 번도 보지 못한 곳을 탐험하고 자주 다녔던 곳을 더 샅샅이 둘러보고 몰랐던 파도를 맞고 알았던 맛을 볼 예정이다. 돌아온 뒤에는 돛을 떼어 잘 접어서 차곡차곡 쌓아 둘 생각이다. 그러면 그 탑을 바라볼 때마다 잊을 뻔했던 항해의 기억이 새록새록 들려올 테다. 돛의 노래, 새로운 노래, 나를 바다로 던져 줄 노래, 노래가 들려온다.

1977년 세 번째 책인
『솔로몬의 노래』를
발표한 후로 토니 모리슨은
"나는 작가다"라고
당당하게 밝혔다.

장영은, 『쓰고 싸우고 살아남다』
(민음사, 2020)

어디 가서 작가라고 소개될 때마다 쑥스러워하는 버릇을 떨쳐 내는 데에 몇 년의 시간이 걸렸다. 원고 청탁을 받아 그럴듯한 글을 몇 편 썼고 어쩌다 보니 신춘문예 최종심에도 올랐지만 내 이름을 건 문학작품 하나 없이 작가연 해도 되는 것인지. 희한하게도 나는 '작가'라는 호칭이 특권적으로 주어지는 것에 적극적으로 반대하는 사람이고 다른 작가들에게는 전혀 이런 기준을 적용하지 않을뿐더러 이 같은 사고 과정이 완전히 생략된 채 '작가님'이라고 부르는데도 나 자신에게만은 영 석연치가 않으니, 내가 '작가'라는 단어에 적잖이 떨쳐 내기 힘든 환상을 가지고 있는 모양이다. 혹은 그것이 나의 뿌리 깊은 콤플렉스이거나.

내 안에 자리 잡은 고정관념으로서의 작가는 예리하거나 예민한 사람들이다. 그들은 현실을 예리하고 날카롭게 직시하여 은폐된 진실을 드러낼 것이고, 세상과 자신의 진실을 예민한 촉수로 느낌으로써 시대를 앞서서 감지할 것이다. 그것을 설령 본인이 자각하지 못하거나 의도하지 않을지라도. 그들은 타인의 서사를 통해 자신을 고취하지 않는다. 그들은 보기 좋은 글로 면피하지 않는다. 그들은 모르는 대상을 타자화하지 않는다. 그러니까 사실 이건 그들이 아니라 내가 도달하고자 하는 곳.

그 무엇보다도 글을 써야만 하는 사람, 다른 모든 것에 앞서 글을 쓸 수밖에 없는 사람, 그것이 작가라면 지금도 작가이고 앞으로도 작가일 테지만, 어쩐지 그것만으로는 설명할 수 없는 마음의 빚이 쿡쿡 쑤셔 온다. 그것은 내가 평생 읽어 온 책에 진 빚이거나, 혹은 나의 세상을 열어 준 사람들에 대한 존경이라고 말할 수 있을까. 한심하다고 해도 좋을 이런 자아도취적 계급의식 (너그럽게 말한다면 높은 자기 기준)을 버리는 데에 앞으로 얼마나 오랜 시간이 걸릴지 아직은 잘 모르겠다.

「사티아그라하」와
「아크나톤」을 쓰는 동안
도리스 레싱의 책을 읽기
시작했다.

필립 글래스, 『음악 없는 말』
(이석호 옮김, 프란츠, 2017)

추천할 음악은 없다. 책을 읽을 때 듣기 좋은 음악이나 글을 쓸 때 틀어 놓는 음악을 물어 올 때 답할 음악은 없다. 특별한 경우가 아니면 책을 읽을 때도 글을 쓸 때도 음악을 듣지 않기 때문이다. 나에게 음악과 글이란 한 가지 샘에서 나는 물과도 같아서 하나를 쓸 때 다른 하나는 초라하게 흐르곤 한다. 가사가 있는 음악은 물론이고, 가사가 없는 음악조차 계이름으로 들리기 때문에 읽거나 쓰고 있는 글과 말소리가 겹쳐 방해가 된다. 책의 구조를 형상화하는 과정이 음악의 프레이징에 걸려 넘어진다. 글에 내재되는 리듬도 음악으로 흔들린다. 마찬가지 이유로 음악을 들을 때는 책을 읽지 않는다. 음악을 만들 때 글을 쓰지 않는다.

　나와 닮은 이를 사랑하게 된다면 이 소란한 세상에서 그의 목소리를 듣게 된 일에 관한 편지를 보내고 싶다. 얼마나 많은 소리가 세상을 칠하고 있는지 말하고 싶다. 창밖을 지나가는 구급차의 사이렌 소리와 마침을 알리는 전자레인지의 알람과 냉장고 돌아가는 소리가 어떻게 『죽은 자의 집 청소』와 『아무튼, 여름』과 『어딘가 상상도 못 할 곳에, 수많은 순록 떼가』 위로 흘러가는지 말해 주고 싶다. 그래서 무수한 소리의 안개 위로 당신의 목소리가 얼마나 선명하게 들려왔는지, 그 안개 속에서 어떻게 당신의 목소리를 듣게 되었는지 말하고 싶다.

　나는 미련을 버리지 못하고 이 책을 쓸 때마다 음악을 튼다. 마음을 만들기 위한 목적이다. 10분 정도 틀어 놓고 쓰다가 참지 못하고 끈다. 어떤 날은 소리가 거의 들리지 않을 정도로 볼륨을 줄인다. 음악을 틀었는지도 모를 작은 소리가 방바닥에 깔린다. 꿈처럼 들려오는 피아노 소리. 소설을 (파#시) 쓸 때 (미도#) (라레시) 배경음악 리스트까지 (솔도) 정한다는 (라#미레도#) 소설가들이 (도#시시) 지금 이 순간에도 (시도#레시) 부럽다. (스피커 꺼지는 소리)

마이크는 달 세계에 있는
책을 거의 다 읽었고, 그가
삭제하기로 선택하지 않은 이상
무엇이든 절대 망각하지 않고,
완벽한 논리로 판단을 내리며,
불완전한 데이터로부터 뛰어난
예측을 하고……. 그렇지만
'살아가는' 법에 대해서는
아무것도 모른다…….

로버트 하인라인, 『달은 무자비한 밤의
여왕』(안정희 옮김, 황금가지, 2009)

몸 없는 인간. 몸 없는 인간에 관한 무수한 추측이 있어 왔다. 몸 없는 인간은 몸이 없으므로 정념도 느끼지 않으리라는 추측이 대세를 이루고 있으며, 그 지능 역시 보통의 인간을 훨씬 뛰어넘는다는 설정이 자주 등장한다. 그들은 원래 인간이었으나 인공지능으로 '업로드'되면서(게임 「포탈」의 글라도스나 영화 『트랜센던스』의 윌) 좋은 성품을 잃어버리고 주어진 비인간적인 목적을 달성하기 위해 폭주한다. 애초부터 몸 없이 만들어진 정신(영화 『2001 스페이스 오디세이』의 HAL 9000) 역시 마찬가지다. 그들에게는 확고한 존재 이유가 있으므로 오로지 합목적적인 행동만을 수행한다. 그들은 '살아가는' 대신 '존재한다'.

몸 있는 인공인간. 반대로 몸을 가지게 된 인공지능은 인간만이 느끼는 정념으로 혼란스러워한다. 게임 「디트로이트: 비컴 휴먼」의 안드로이드들이나 김보영의 소설 「얼마나 닮았는가」의 AI 컴퓨터 훈HUN은 합목적적인 행동만을 하지 않는다. 그들은 이제 인간성을 원한다. 자유와 창조, 사랑과 슬픔. 그들은 주어진 목적 밖의 성질을 수호하기 위해 자신을 바친다. 희생이라는 지극히 인간적인 행위를 하는 존재가 된다. 그들은 이제 세상에서 '몸을 부대끼며' '살아간다'.

살아가는 일은 몸에 갇히는 일과 다름없다. 몸이 썩어 없어지리라는 확신, 무슨 짓을 해도 늙음을 피할 수 없으리라는 확신, 더럽게도 말을 들어 먹지 않는 장기와 근육과 온갖 액체를 무사히 먹이고 재우고 이끌고 다녀야 한다는 사실이 우리를 움직인다. 그것이 그토록 지난한 일인데도 지난하다는 이유만으로 죽을 수는 없지 않은가. 몸이 곧 인간이며, 몸을 지겨워하는 것이 인간이고, 몸을 뛰어넘고자 하는 것이 인간이므로. 아, 몸, 이 지겨운 몸.

이 책은 여성 철학자들을
단일한 혈통의 계보로
묶기보다는, 이들이 각각의
위치에서 벌인 치열한 사유와
아직 쓰이지 않은 삶에 대한
전망을 축으로 엮었다.

김은주, 『생각하는 여자는 괴물과
함께 잠을 잔다』(봄알람, 2017)

대학에서 철학을 배우면서 단 한 명의 여성 교수도 만나지 못했고 단 한 명의 여성 철학자도 배우지 못했다. 교실에 앉아 있는 사람의 반은 여자인데, 시험을 감독하는 조교 중에도 여자가 있는데, 여성은 시간강사조차 없었다. 유능한 여성 심리학과 교수 내지는 강사들에게 수업을 들으며 어떤 위안을 얻고는 했지만 그것이 철학과에서 느끼는 허전함까지 해결해 주지는 못했다.

그 허전함은 어느 날 텔레비전으로 교황의 모습을 보다 느낀 답답함과 멀리 있지 않다. 여성 신부를 인정하지 않는 가톨릭교나 여성의 권리를 억압하는 이슬람교, 여성 목사 안수 비율이 터무니없이 낮은 개신교, 공공연히 비구니를 차별하는 불교의 태도 모두 답답하게 느껴진다. 신의 진리, 참된 진리가 사람을 차별하라 가르치던가. 신의 구원이, 혹은 인연법이 여성에게는 다르게 적용되던가. (만약 그렇다면 그 오래전의 설법이 지금도 적용되어야 할지 생각해 볼 일이다.)

인간의 가장 본질적인 부분을 탐구하고 수도하고 가르친다는 일이 아직도 이렇게나 남자의 몫이다. 오랜 시간이 흐르면 변하리라는 느슨한 낙관만으로 참고 기다리기에 세상은 이미 너무 빠르게 변하고 있다. 하루빨리 더 많은 여성이 철학과 종교에 깊숙이 관여하기를 바란다. 그럼으로써 철학과 종교는 무너지는 대신 더욱 깊어질 것이다.

언젠가부터 떼어 낼 수 없는 괴물이 머리맡을 지켰다. 에이드리언 리치의 시구처럼. "생각하는 여자는 괴물과 함께 잠을 잔다. / 그녀는 자신을 물고 있는 부리가 된다." 철학을 사랑하고 사유의 힘을 믿는 너는 혹시 너도 모르는 사이 철학으로부터 타자화되고 있었던 게 아닐까, 괴물은 묻는다. 나는 괴물의 눈을 똑바로 바라보며 말한다. 나는 사유하는 인간이다. 나는 보편성의 한복판을 누빌 것이다.

무슨 병인가 궁구하고
책을 뒤지면서도
빨간 눈일 가능성에 대해선
거의 생각해 보지 않았다.

정유정, 『28』(은행나무, 2013)

056

과거가 다 허상 같고 꿈 같다. 다시는 코로나19 이전으로 돌아갈 수 없다는 통렬한 선언은 현실인 줄 알았던 것들을 가루로 만들어 버린다. 추억은 안개처럼 퍼져 있고 머지않아 비가 되어 내릴 것이다. 사람들의 눈에서 주룩주룩 흐르네.

2020년쯤 되면 다 해결될 줄 알았지. 멋진 세상이 열릴 줄 알았지. 하지만 세상이 인간만의 것이 아니라는 사실에 우리는 관심이 없었고, 2020년의 세계는 인류에게 분수를 알고 살라고 말하고 있는 것처럼 들린다. 인간은 어차피 자연을 파괴하면서 살아왔다고? 이 좋은 삶의 아무것도 포기하고 싶지 않다고? 어디 한번 해보렴. 너희는 많이 아프고, 조금 있으면 먹을 것도 없어질 것이란다.

호시절의 기억이 주룩주룩 흘러내려 대양이 되었다가 또 한 번 숨을 막는 습기로 공기 중에 떠돌 것임을 생각한다. 그러다 보면 어린 시절부터 습기를 마시고 사는 것이 익숙해진 다음 사람들이 새로운 수중 세계를 건설할 것이다. 그곳에는 그곳대로 새로운 꿈의 물결이 찰랑일까. 완전히 새로운 세계가 필요할 것이다. 그들은 어리석은 우리를 질질 끌고 가느라 고생이 많을 것이다. 우리는 조금도 바꾸지 못한 거구를 이끌고 질질 끌려가겠지만 그래도, 어디론가 끌려갈 수 있다면야. 가만히 앉아 울다 죽어 버리지 않고 어디론가 끌려갈 수 있다면야.

끝을 알 수 없는 악 앞에서
느끼는 인간의 무력감이
그 거대한 책을 쓰게
한 것이다.

황현산, 『황현산의 사소한 부탁』
(난다, 2018)

057

① — 2015년 하반기에는 트럼프가 공화당 대선 경선 주자로 나섰고, 파리에서 대규모 테러가 벌어졌고, 영국에서 브렉시트가 거론되었다. 나는 두 학기를 남겨 둔 방황하는 대학생이었고, 어떤 강렬하고 거대한 불안감에 사로잡혀 있었다. 돈을 벌어 먹고살 수 있을지에 대한 불안과 이상한 일이 벌어지고 있다는 불안이 한데 얽혀 똬리를 트는 것을 바라보았다. 불안을 촘촘히 훑으려면 삶의 바탕이 되는 이 시대의 바닥까지 내려가 보아야 했는데 (혹은 가장 높은 곳에서 관조해 보아야 했는데) 그러려고 노력할수록 무언가 이상한 일이 벌어지고 있다는 생각이 들었다. 근대화와 세계대전 이후의 시대에 숨어 있는 균열에서 후드득 떨어지는 부스러기 같은 것이 밥에 섞인 돌처럼 까끌거렸다.

이듬해 나는 그 돌에 관한 가장 어두운 분석과 전망을 읽는데에 많은 시간을 할애했다. "계몽은 예로부터 인간에게서 공포를 몰아내고 인간을 주인으로 세운다는 목표를 추구해 왔다. 그러나 완전히 계몽된 지구에는 재앙만이 승리를 구가하고 있다."* 책이 나온 해는 1944년, 제2차 세계대전이 벌어지던 시기. 나치즘과 파시즘과 군국주의의 세계. 아도르노와 호르크하이머는 거침이 없다. "신화는 이미 계몽이었다. 그리고 계몽은 신화로 돌아간다. (……) 자기 파괴로의 실제적인 경향이 '합리성' 안에는 처음부터 존재한다." 그러니까 당시의 비극, 나치즘과 파시즘과 학살과 자본주의의 인간성 말살과 대중문화의 기만이, 인간이 자신의 이성을 믿고 발전하던 그 순간부터 예정되어 있었다는 말인가? 현대 문명을 건설한 힘이 현대 문명을 파괴하는 모순. 58년 뒤의 한 대학교 교실에서 처음으로 아도르노를 접한 대학생이 여전히 그 문장들에 전율한다면 무언가 단단히 잘못된 것이라고, 책을 겨우겨우 이해하느라 애쓰던 어설픈 나는 생각하였다.

*아도르노·호르크하이머, 『계몽의 변증법』(김유동 옮김, 2001)

아마도 일을 하거나 책을
읽는 모양으로 ─아내의
취미라 할 만한 것은
기껏 책 읽기 정도였는데,
그 책들이란 대부분
표지를 열어 보기도 싫을 만큼
따분해 보이는
것들이었다─ 끼니때에만
문을 열고 나와
말없이 음식을 만들었다.

한강, 『채식주의자』(창비, 2007)

② — 이 광폭한 소비는 다 어디로 갈까? 이 광폭한 문명은 언제까지 이어질 수 있을까?

나는 불안해한다. 많이 먹고, 많이 쓰고, 많이 버리고, 그걸 찍어서 올리고, 그걸 보고 따라 하고, 잔뜩 사고, 잔뜩 산 걸 버리고, 잔뜩 버린 것이 흘러들고, 잔뜩 먹어 치운 것이 다시 재배되고, 사라지고, 쓰레기 더미에 파묻히고, 이게 다 어디로 가고, 어디까지 갈까. 이 문명의 한계점은 언제일까. 10년 후, 50년 후에도 우리는 지금처럼 살 수 있을까. 햄버거를 20개씩 먹고 고기를 찬양하고 개구리알을 욕조에 푸는 동안 이 문명은 어디로 가고 있나, 그런 아득함 같은 것. "완전히 계몽된 지구에서는 소비만이 승리를 구가하고 있다."*

나는 가끔 눈을 감고 지금 이 순간에 소비되고 있을 커피나 휴지나 비닐의 양을 상상해 본다. 내가 살아 있는 것은 온당한 일인지 의심한다. 내가 살아 있는 것, 살아서 뭘 자꾸 먹고 쓰고 버리는 것 자체가 해악인 건 아닐까. 이미 늦었다는데. 돌이킬 수 있는 시점은 20년 전에 지나 버렸다는데. 모두가 연결된 세계에서 모든 것의 폭주는 멈추질 않고.

'광폭'이라는 말로밖에 설명할 수 없는 작금의 문명을 바라볼 때면 세상과 지켜 온 어떤 유대감이 깨지는 느낌이 든다. 왠지 그것은 정말로 신체의 고통처럼 느껴진다. 본질적인 유대감, 내가 자연의 일부라는 안정감과 공포, 우주의 질서에 속해 있다는 긴장감, 그런 것을 담요처럼 덮고 있던 때가 있었던 것 같은데. 혹은 현대에 태어난 주제에 그런 것을 느꼈다니, 모두 착각일까?

*이순예, 『아도르노』(한길사, 2015)

전쟁 영화를 봐도
사실이 아니고
책을 읽어도
사실이 아닌 거야.

스베틀라나 알렉시예비치,
『전쟁은 여자의 얼굴을 하지 않았다』
(박은정 옮김, 문학동네, 2015)

③ — 풍요란 무엇인가? 인류 역사상 가장 풍요로운 시대라는 말은 인류 역사상 가장 많은 것을 인간을 위한 자원으로 만들고 있다는 뜻이다. 굶는 사람의 수가 줄고 교육받는 사람이 늘었으므로 세상이 나아졌다고 말하는 통계 앞에서, 그럼에도 나를 간질이고 찔러 대는 어떤 고통을 자주 생각한다. 수 초마다 '좋아요'로 분비되는 쾌감 물질과 고요를 두려워하는 정신과 쏟아지는 가십거리와 영상으로 극대화된 관음증을. 거울 같은 환경과 메아리 같은 대화와 천성이 된 질투와 세련된 착취를. 공장식 축산과 재배를 위해 파괴된 땅과 금고가 된 땅속을. 그리고 그 무엇도 저절로 해결되지 않으리라는 확신을.

우리는 자연을 자원화해 왔고, 인간의 육체노동을 자원화해 왔고, 정신노동을 자원화해 왔으며, 마침내 우리 자신의 정체성을 자원화하기에 이르렀다. 취미와 취향과 신념과 원칙은 이제 상품이 된다. 내가 나라고 믿는 것은 알고리즘의 재료가 된다. 노동의 대가는 월급으로 받으나, 정체성을 넘겨주고 대가를 받았다는 말은 들은 바가 없다. 나의 정체성은 고갈될 일이 없는 황금알이므로 내가 살아 있고 플랫폼 비즈니스의 사용자인 한은 죽을 때까지 상품이 될 것이다. 우리는 상품으로 태어나 상품으로 죽을 것이다. 우리는 지구를 먹어 치우는 거대한 동물인 동시에 낱낱이 파헤쳐지는 거대한 광산이다. 아니, 우리는 낱낱이 파헤쳐지기에 더욱 먹어 치우는 동물이 되어 가고 있다. 더 사고 더 버리고 더 채워 봐, 좋아요 수를 봐, 사람들도 다 좋아하지.

이것은 철학자들에게 물려받은 필요 이상의 비관주의일지도 모른다. 그러나 우리는 트럼프와 가짜 뉴스와 기후변화와 세 줄 요약의 시대에 살고 있으므로 이 비관은 제법 쓸모가 있을지도 모른다. 그러는 동안 나는 유튜버라는 자기모순 앞에서 헤매고, 세상은 아랑곳하지 않고 흘러간다.

나는 '서바이벌 가이드' 유의
책 몇 권을 골라 비닐봉지에
담았다.

김보영, 『역병의 바다』(알마, 2020)

060

책이 아포칼립스 상황에서 쓸모없는 물건일 것이라는 생각은 편견이다. 종이를 접어서 도구로 만들 수도 있고, 하다못해 한 장씩 뜯어서 휴지로 쓰거나 땔감으로 쓸 수도 있다(『투모로우』 같은 영화를 보라! 도서관은 혹한 속 최고의 피난처다). 『길 잃은 시간 여행자를 위한 문명 건설 가이드』 같은 책이 있다면 폐허에서 농업혁명을 다시 일으켜서 인류 문명의 조상님 같은 사람이 되어 두세 군데 정도의 신화에 얼굴을 비칠 수도 있다.

매뉴얼은 소중한 것이다. 일을 해 본 사람이라면 이게 무슨 말인지 다 알 것이다. 예기치 못한 상황에 맞닥뜨렸을 때 매뉴얼이 있는 것과 없는 것은 천지 차이다. 처음 가 보는 여행지에서 가이드북이 있고 없고는 경험의 질을 좌우한다. 물건을 쓰다가 작동하지 않을 때 사용설명서가 있는 경우와 없는 경우는 완전히 다르다. 꼭 매뉴얼이나 가이드북이나 설명서를 읽지 않더라도, 필요한 때에 손을 뻗을 수 있는 해결 방법이 있다는 사실만으로 어느 정도 안심이 되기도 한다. 나보다 먼저 시행착오를 거친 사람의 존재란 얼마나 소중한지.

사실 모든 책은 다 '서바이벌 가이드' 내지는 '서바이벌 매뉴얼'인 게 아닐까? 내가 가져야 할 마음가짐, 관심을 두어야 할 사회문제, 사람을 대할 때의 태도 같은 것들을 알려 주는, 인간으로서의 삶을 위한 생존 가이드 말이다. 앞서 경험한 사람들이 파란만장하게 만들어 놓은 백서라고 해도 큰 무리는 아닐 것 같다. 음…… 그렇게 따진다면 이 책은 아마도 '책 100권 추천 가이드'일까? 혹은 '책의 홍수를 여행하는 히치하이커를 위한 공략서'?

고열과 함께 몇 주 동안
침대를 지켜야 했고
이어 회복기에도 오랜 시간
책을 벗 삼아 홀로
보내야 했다.

베르너 하이젠베르크, 『부분과 전체』
(유영미 옮김, 서커스, 2016)

고열 때문에 학교를 못 가고 며칠 누워 있는 유소년 시절의 로망 같은 게 있었는데 12년 내내 개근상을 받아 버렸다. 물론 그건 아프지 않아서가 아니라 아파도 학교에 가야 한다는 한국인의 사념이 나의 사지를 움직인 덕분이지만. 아예 쓰러지거나 맹장이 터지면 학교를 빠질 수도 있었을 텐데 살면서 코피 한 번 나 본 적이 없고 아슬아슬하게 등교가 가능한 위염과 두통을 벗 삼았으며 맹장은 스물아홉 살에 터졌다. 20대의 피날레를 축하할 거면 그냥 좀 일찍 터지는 편이 낫지 않았을까, 떠나간 나의 맹장이여.

창가의 침대에 반쯤 누운 상태로 쏟아지는 햇살과 떨어지는 이파리, 등교하는 친구들의 뒷모습을 바라보며 사색에 잠기는 아픈 청소년의 로망은 대체 어디서 왔을까. 외국발인 것 같기도 하고 아닌 것 같기도 하고. 우리나라라면 엄청 까다로운 조건이겠다. 남이 등교하는 뒷모습을 보려면 1층 내지는 2층이어야 하고, 학교에 있는 시간에 창가에 햇빛이 드니 집이 남향이어야 하고, 무엇보다 창문이 크고 밖과 곧바로 연결되어 있어야 하고⋯⋯.

학교 한 번 빠지는 게 뭐 그렇게 엄청난 일이라고 호들갑을 떨었을까. 하루쯤 빠질 수도 있지. 누워서 가만히 생각도 하고 책도 좀 읽고 엄살도 좀 부릴 수도 있지. 남들의 시간이 이렇게 흐르는 동안 내 시간만 *이렇게* 흐르는 시절을 허락받을 일이다. 그래서 결국은 모두가 이렇게 자유롭게 흐르는 시간을 보내게 되면 그것을 비로소 자유라고 부를 수 있을 테다. 어린 날의 열병이 그를 침대에 붙잡을 때, 그래서 학교도 가지 않고 가만히 누워 혼자만 시간의 다른 흐름을 발견할 때 그는 문득 알게 된다. 시간이 꼭 일정하게 흐르지는 않는다는 것을 그리고 일정하게 흐를 필요도 없다는 것을. 그걸 미리 알았다면 살면서 조금 덜 헤맸을지도.

경민도 한아의 분야를
이해 못 하는 건
마찬가지였지만
경민이 보는 책은 정말이지
외계어 같았다.

정세랑, 『지구에서 한아뿐』
(난다, 2019)

062

"과학을 비롯한 이공계열 공부는 혼자서는 어렵고 누군가의 추임새nudge와 디딤돌 역할이 필요하다. (……) 따라서 공식적인 입문과 스승이 필요한 과목이다. (……) 사회탐구 과목은 '살다가 혼자서라도 문득문득 들어서 깊이를 모르고 파고들 수 있는' 학문으로, 수학 과학에 비해 상대적으로 시작하기가 쉽고, 스스로 이해할 수 있는 자료도 많다."

2018년 한국과학기술단체총연합회에서 쓴 「수학·과학 2022 수능 과목구조 및 출제범위에 대한 과학기술계 의견서」의 일부이다. 사실 이 말은 정확히 반대로 할 수도 있다. 수학과 과학의 경우 적어도 고등학교 과정에서는 절차와 답이 정해져 있으므로 좋은 참고서가 있다면 혼자서도 공부할 수 있지만, 오히려 사회탐구 과목은 한국어로 된 개념어가 많아 일상어와 혼동하기 쉬우므로 공식적인 입문과 스승이 필요하다고. 그러니까 둘 다 틀린 말은 아니지만, 완전히 맞는 말도 아니라는 뜻이다.

오해를 막기 위해 첨언하자면, 나는 고등학교 이과 출신이고, 지금도 과학을 사랑하며, 과학을 공부하기 위한 훈련량이 상당하다는 사실을 의심하지 않는다. 의견서 내용 중 과학탐구의 각 과목을 I과 II로 나눈 현행 체계에 문제가 있을 수 있다는 비판도 이해가 간다. 그럼에도 사회탐구 운운하는 구절은 황당하다.

문과와 이과를 나눠서 마치 다른 종족인 것처럼 문과적 인간, 이과적 인간 운운하고, 이과가 어렵네 문과가 어렵네 이과가 중요하네 문과가 중요하네 싸우는 걸 볼 때마다 조금 민망하다. 이과 출신 철학과 졸업생인 나는 프로그래머처럼 무뚝뚝해야 하는가, 아니면 문학가처럼 감성적이어야 하는가? 그렇게 싸워서 이기면 어떡할 것인가? 어차피 둘 다 없으면 세상은 굴러가지도 않는데. 이젠 그런 구도는 그만 보면 좋겠다. 그런 편견은 우리의 상상력을 가로막을 뿐이다.

"불청객이 올 때를 대비해서
책을 세워 들어요."

뮤리얼 스파크, 『진 브로디 선생의
전성기』(서정은 옮김, 문학동네, 2018)

만화책을 몰래 읽으려면 교과서를 세워야 한다는 것은 주지의 사실이다. 과자를 몰래 먹을 때도 그렇고 쪽지를 몰래 읽을 때도 그렇고 하여간 수업을 들을 때는 교과서를 세우고 볼 일이다. 교단에 서면 어차피 다 보이지만 선생님만 조금 눈감아 주면 수업 시간의 짜릿한 추억을 만들 수 있으니까, 이 정도면 꽤 괜찮은 조건 아닌가 말이다. 이 글을 읽는 전국의 선생님들이 손사래를 치는 광경이 상상된다. 선생님 여러분, 죄송했습니다. 매일 잠만 자거나 책만 읽는 불량 학생이었던 저를 용서해 주세요.

수업 시간에 책을 읽는 건 양심에 찔려서 보통은 졸거나 잠을 잤다. 책을 읽을 때는 PMP로 텍스트 파일을 몰래몰래 한 페이지씩 읽는다든지 누군가가 가져온 만화책을 책상 밑 서랍에 살짝 넣고 조금씩 읽는다든지 하는 방법을 사용했는데, 어차피 그걸로 많이 읽지는 못하니까 정말 재미있게 읽고 있는 책이 아니면 얌전히 넣어 두는 쪽이 나았다. 만화책을 읽다가 걸려서 빼앗기기라도 하면 다 함께 돌려 보고 있는 친구들의 원성을 살 게 뻔했으니까. 수업 시간에는 꾹 참고 쉬는 시간에 초인적인 속도를 발휘해 책을 읽었다.

학교를 다니다 보면 이런 압박에 구애받지 않는 자유로운 자습 시간도 이따금 있었다. 고등학교 진학을 앞둔 중학교 3학년의 끝자락과 수능 시험을 마친 고등학교 3학년의 끝자락에는 학교에서 책을 읽지 못했던 한을 풀겠다는 듯이 책을 읽었다. 책상에 책을 쌓아 놓고 연거푸 읽던 그때가 그때도 낙원 같았고 지금도 낙원 같다. 그렇게 자유롭게 책을 읽을 수 있는 시간이 또 올까. 책을 읽어도 읽어도 질리지 않고 졸리지 않던 신나는 독서의 시간을 다시 가질 수 있다면, 더 바랄 것이 별로 없을 것 같다.

그 순간 나는 다시 깜짝 놀라
책 읽기를 멈췄다.

에드거 앨런 포, 「어셔가의 몰락」,
『에드거 앨런 포 단편선』
(전승희 옮김, 민음사, 2013)

064

에드거 앨런 포의「고자질하는 심장」을 밤에 읽다가 □□에 맞추어 □□ 소리*가 들리는 부분에서 소름 한 번쯤 돋아 보지 않은 애서가가 있을 텐가. 꼭 내가 그랬다는 건 아니고 많이들 하는 경험이라서 하는 말이긴 한데 내가 그랬다. 에드거 앨런 포의 작품을 모은 책『우울과 몽상』을 고등학교 때 친구가 빌려줘서 읽었는데, 학교 책상 밑 서랍에 넣어 두고 한 편씩 야금야금 읽다가 그 두꺼운 책을 집에 가지고 가서는 별안간 아닌 밤중에 읽기 시작했다. 이런 책은 또 밤에 읽어 줘야 맛이지. 이야, 너무 무섭고 좋더라. 맛은 맛인데 맛보다가 혀가 다 잘려 없어지는 줄 알았다. 다시는 밤에 공포 소설을 읽지 않겠다고 다짐해 놓고 이듬해 크리스마스 시즌에『링』시리즈 전권을 빌려서 읽었다. 그래도 『링』은 무섭다기보다는 재미있었다. 로빈 쿡의 의학 소설도 그때쯤 읽었던 것 같다. 좀 입맛 다시게 하는 책들이 있는데, 너무 재미있어서 시간 가는 줄 모르고 읽을 수 있지만 정말 시간이 있을 때만 읽을 수 있는 그런 책들을 생각할 때면 찝찔한 입맛이 도는 느낌을 받는다. 지금은 선풍기 바람을 쐬며 글을 쓰고 있는 초여름의 저녁이고 맥주 한 잔 마시면서 공포 소설을 읽고 싶은 마음에 침을 꿀꺽, 삼키고 있다.

*무엇에 맞추어 어떤 소리가 들리는지는 책에서 확인하시길.

일주일에 한 쪽씩
공부하도록 만들어진
책이었다.

토니 모리슨, 『빌러비드』
(최인자 옮김, 문학동네, 2014)

누구나 그럴싸한 계획이 있다. 처맞기 전까지는……* 처맞기 전까지 세웠던 그럴싸한 계획에는 프루스트의 『잃어버린 시간을 찾아서』 하루에 20쪽씩 읽기, 철학 공부 공동체 '전기가오리'의 배송물 밀리지 않고 읽기, 하버마스의 『현대성의 철학적 담론』 일주일 만에 읽기 등이 있다. 물론 모두 실패하였으며 '매일 꾸준히 읽기'라는 행위가 도통 사람 마음대로 되는 것이 아니라는 깨달음을 얻고 끝이 났다.

매일, 매주, 매월 뭔가를 하는 데에는 왜 이렇게 많은 에너지가 필요할까. 그냥 칩 같은 거 딱 끼우면 해결되는, 그런 게 있으면 좋을 텐데. 초등학교 때도 상상했던 만능칩(시험공부를 면제해 주는)이 서른이 되도록 등장할 기미도 보이지 않으니 대체 이게 어찌 된 일이냐 말이다. 그런 걸 개발할 정도로 뛰어난 사람들은 너무 부지런해서 칩 같은 게 필요하지 않은 게 아닐까?

성공적으로 습관을 만드는 방법에는 마감, 처절한 마감, 눈물 나는 마감 등이 있다. 물론 이건 헛소리고 실제로는 하기 싫은 일을 좋아하는 일과 결합한다든지 눈뜨자마자 가장 쉬운 한 가지를 무조건 한다든지 하는 검증된 방법들이 있지만 일에 허덕이는 프리랜서로서 그런 생산적인 접근을 하고 싶은 건 아니다. 새로운 습관을 만들기에 지금의 나는 너무 지쳤다우…….

혹은 돈을 주고 습관을 사는 방법도 있다. PT를 끊는다든지, 학원을 다닌다든지 하는 방법이다. 지금 혼자 하고 있는 독일어 학습지도 배우는 재미 반, 돈을 썼다는 자각 반으로 해 나가고 있다. 일주일 치를 3주 걸려서 끝내고 있다는 게 조금 문제이긴 하지만, 그래도 하는 게 어디인가. 안 하는 것보단 낫다. 『잃어버린 시간을 찾아서』도 하여간 죽기 전에는 다 읽을 것이다.

천주교가 이단이자 부두교의
옆집 정도로 간주되는
지금은, 아무도 이 묵직한
책을 읽지 않으므로
누가 이 책 속을 들여다볼
리가 없다.

마거릿 애트우드, 『증언들』
(김선형 옮김, 황금가지, 2020)

대학교에 입학했을 무렵 나는 성서와 쿠란과 토라를 다 읽어 보겠다는 결심을 한 패기 넘치는 인문학도였다. 20대 내에 읽겠다고 다짐했는데 20대가 그렇게 빨리 끝날 줄 알았다면 더 넉넉하게 기한을 잡았을 것이다. 물론 지금은 다시 목표가 갱신되어 기한이 '죽기 전'으로 바뀌었다. 같은 기한을 가진 책이 너무 많아 과연 다짐을 지킬 수 있을지는 모르겠다.

종교는 없지만 종교에 관심이 있다. 어렸을 때부터 종교 도서나 불교 경전도 종종 읽었고 요새는 기독교 유튜브 채널도 가끔 본다. 인간을 초월하는 진리에 호기심이 많은 편이다. 철학과를 다닌 것도 그런 오래된 호기심에서 비롯된 학구열 때문이었다. 종교와 관련된 콘텐츠를 여러 경로로 접하면서 나는 (적어도 아직까지는) 종교를 믿을 수 있는 사람은 아니라는 사실을 거듭 확인했지만, 여전히 신적 지혜에 다다르려는 여러 갈래의 길을 구경하는 것을 좋아한다. 나에게는 기본적으로 구도자의 삶에 대한 동경이 있다. 철학자, 예술가, 그 어떤 모습이든, 도道에 헌신하는 삶.

종교 경전은 가까스로 신에 도달한 인간들이 남긴 기록이다. 아무리 노력해도 신에 도달할 수 없을 평범한 인간들이 얻을 수 있는 귀한 말들. 나는 성인들의 이야기 속에서 어리석은 나를 발견하고 여러 번 부끄러워진다. 무엇도 뜻대로 되지 않아 울적한 날이면, 그들은 "나는 성냄에서 벗어나고, 완고함은 사라졌다. 내 움막은 지붕도 없고 번뇌의 불은 꺼져 버렸다. 그러니 하늘이여, 비를 뿌리려거든 뿌리려무나"* 하고 나를 작게 만들곤 하는 것이다.

*『숫따니빠따』, (일아 옮김, 불광출판사, 2015), 1장 2 다니야의 경 19

내가 도도한 인간이라는
평판은 문제의 파티 후에야
나타난 듯한데, 그 파티는
내 두 번째 책인 『드링킹』이
출간된 직후에 열렸다.

캐럴라인 냅, 『명랑한 은둔자』
(김명남 옮김, 바다출판사, 2020)

365일 중 절반쯤은 혼자 있다. 나는 혼자 일어나, 커피를 마시고, 이메일 답장을 하고, 책을 읽고, 밥을 먹고, 원고를 쓰고, 영상 기획을 하고, 빨래를 하고, 설거지를 하고, 촬영을 하고, 영화를 본다. 사람을 만나는 날은 대개 미팅이나 강연이나 교습이 있는 날이다. 점심을 같이 먹어야만 하는 회사 동료와 상사도 없고 집중할 만하면 이름을 부르는 가족이나 놀아 달라고 보채는 반려동물도 없다. 나는 자유를 느낀다. 행복을 느낀다. 고독을 느낀다.

이 일을 하기 전에는 달랐던가? 그렇진 않았던 것 같다.

'잘못된' 삶의 방식이라는 것이 존재할 수 있는지 생각한다. 그러니까 이건 범죄도 아니고 질병도 아닌데 측은한 시선 속에서 나의 소중한 행복은 이기심이 되고 소중한 고독은 부작용이 된다. 고독하지 않기 위해 사람을 만나고 가족을 만들어야 한다고 누군가가 말한다. 연애와 결혼을 포기하게 만들어서 우리 세대가 미안하다고 사과한다. 나는 웃는다. 적어도 이 집에서 고독은 행복의 전제 조건 같은 것이다. 나는 고독해서 행복을 느낀다. 고독함에도 행복을 느끼는 게 아니다.

사람 만나는 걸 싫어하지 않는다. 새로운 사람을 알게 되는 것도, 친구들과 만나는 것도 좋아하지만 제한된 시간 속에서 내가 부여한 우선순위의 목록이 조금 다른 것뿐이다. 물론 언젠가 이게 다 부질없는 일로 밝혀질지도 모른다. 소중한 사람들과 자주 만났어야 한다고 땅을 치고 후회할지도 모른다. 하지만 그때 오히려 고독의 시간을 가지지 않았던 것을 후회할지도 모른다. 어차피 사람은 자신이 가지지 못한 것을 후회하는 법이니까.

이런 삶의 방식이 가능한 건 온라인에서 사람을 많이 만나기 때문인 것 같다. 그건 직접 만나는 것과는 분명히 다르지만 또 완전히 다르지도 않다. 개방과 고립이 기묘하게 공존하는 삶.

그래도 졸업 이후
그 책을 즐길 수 있을 때까지
꾸준히 시간을 낭비했다.

김영민, 『아침에는 죽음을 생각하는
것이 좋다』(어크로스, 2018)

2014년 5월 6일에 공책에 이렇게 썼다. "더 이상, 시간을 낭비하는 것에 대한 두려움이 나에게는 없다." 그것은 선언이자 다짐이기도 했는데, 내가 하는 일을 낭비라고 생각하지 않기로 했기 때문이다. 아르바이트를 세 개씩 뛰면서 열심히 돈 벌어서 그걸로 기타도 살 수 있고 공연하러도 다닐 수 있고 책도 살 수 있고 글도 쓸 수 있고 학교 광장에서 맥주도 마실 수 있고 그런 거 아닌가. 취업 전선에 뛰어드는 대신 하고 싶은 일을 해야겠다고 다짐했으니까, 좀 그럴 수 있는 거 아닌가. 나는 사회에서 규정한 '낭비'의 개념으로 스스로를 자책하는 일을 그만두기 위해 나를 여러 번 타일러야 했다. 사실은 '그럴 수 있는' 정도가 아니라 내가 원하는 미래를 만들기 위해 '그렇게 해야만 하는' 상황이었는데도 오랫동안 세뇌된 한국 사회의 가치관은 쉽게 자리를 내주지 않았다.

그러면서도 진짜 낭비, 그러니까 책도 읽지 않고 글도 쓰지 않고 연습도 하지 않고 공연도 하지 않고 맥주만 마시는 그런 시간 낭비를 하면서, 진은영의 「대학 시절」 같은 시를 읽으면서, 침대에서 구르며 갑갑해했더랬다. "켜켜이 쏟아지는 햇빛 속을 단정한 몸으로 지나쳐 / 가는 아이들의 속도에 가끔 겁나기도 했지만 / 빈둥빈둥 노는 듯하던 빈센트 반 고흐를 생각하며 / 담담하게 담배만 피우던 시절" 그건 사회가 규정한 낭비이면서 내가 규정한 낭비였는데도 자리에서 일어나 뭘 하질 못했다. 온종일 컴퓨터 앞에서 시간을 보내고……, 한숨을 한숨을, 그 한숨을 다 모았으면 거기 든 수증기의 양만으로도 잠수가 가능했을 것이다. 어디서 낭비의 신이 나타나서 선물이라도 준 것처럼. 이 낭비가 네 낭비냐? 아닙니다. 제 낭비는 저 낭비이옵니다. 너는 참 정직하구나, 둘 다 가지거라. 아니 그게 아니라……. 그게 몸과 마음의 병이었다는 걸 이제는 안다. 그럴 수밖에 없었던 시기를 자책하는 데에 동원하지 않기 위해 여전히 나를 타이르고 있다. 151

내가 사랑했던 모든 것들,
나와 나의 다정한 사람들,
미워하면서도 사실은 깊이
사랑했던 세상에 대해서
나만이 쓸 수 있는 한 권의
책을 써야 하지 않을까.

김진영, 『아침의 피아노』
(한겨레출판, 2018)

삶을 누구나 읽을 수 있는 한 권의 책으로 옮기는 일은 요원해 보인다. 단 한 권의 책을 쓰기 위해 중요한 내용을 골라내고 또 골라내면 아무것도 남지 않을 것이다. 최대한 많은 내용을 담기 위해 쓰고 또 쓰다 보면 그것은 보르헤스의 소설에서처럼 실물 크기의 지도를 그리는 일과 별반 다르지 않을 것이다. 82세에 사망한 사람의 삶의 책이란 82년 동안, 혹은 그보다 더 오래 읽어야 하는 분량의 책이다.

그리하여 누구나 죽을 때에 이르러서는 오로지 자신만이 읽을 수 있는 외로운 책을 갖게 된다. 자신만이 읽었고 읽을 수 있으며 단 한 번 낭독되었고 앞으로 결코 완독될 일이 없는 책이다. 누구도 읽을 일 없는 이 책을 최선을 다해 아름답게 쓰는 태도를 우리는 품위라고 부른다.

그 어떤 책을 보아도
단 한 쪽도 읽을 수가 없었고,
코딩을 하려고 해도
열 줄도 작성할 수 없었다.

그렉 이건, 「내가 행복한 이유」,
『하드 SF 르네상스 2』(강수백·이수현
옮김, 행복한책읽기, 2008)

분명히 책을 좋아했던 것 같은데, 언젠가부터 몸이 너무 힘들고 지쳐서 책만 펼치면 잠이 쏟아지나요? 우울증 때문에 집중력과 기억력을 잃어버려 책이 도통 눈에 들어오지 않고, 눈이 좋지 않아 글자를 120퍼센트로 키우지 않으면 보이지도 않고, 책상에 앉기에 허리가 너무 아프거나 배가 너무 아프거나 머리가 너무 아파서 책을 보지 못하나요? 괜찮습니다. 책은 늘 그 자리에 있고 찾아오는 사람들을 언제나 환영할 것이랍니다. 이 책이 잠시나마 곁에 머무를 수 있어 영광입니다. 다른 무엇보다, 당신이 건강하기를 바랍니다.

이런 책을 읽어요?

헨리크 입센, 『인형의 집』
(안미란 옮김, 민음사, 2010)

071

"어휴, 그런 책을 읽어?"

고등학교 3학년 때 논술 학원에 다녔다. 우리 반을 맡았던 세 명의 선생님 중 한 명과 이런저런 이야기를 하다가 요새 무슨 책을 읽냐는 질문을 받았다. 나는 조지프 니덤이 짓고 콜린 로넌이 축약한 『중국의 과학과 문명』이라는 책을 읽고 있었다. 그렇게 답하자 선생님이 놀라며 저 말을 했던 게 기억난다. 대학교 시절 어떤 날의 과방에서는 선배와 이런저런 이야기를 나누다가 요새 무슨 책을 읽냐길래 토머스 모어가 쓴 『유토피아』의 영문판을 읽고 있다고 답했다. 선배는 손사래를 치며 그런 거 읽는 거 아니야, 라고 농담을 했다. 모르겠다. 어쩌면 농담이 아니었을지도.

'그런 책'이란 뭐였을까? 만약 내가 음모론을 진지하게 다루는 책이나, 처음부터 끝까지 선정적이기만 한 만화책이나, 내용이 없다고 비판받는 힐링에세이나, 인생과 부의 비밀을 틀어쥐고 있다고 주장하는 신비주의 자기계발서를 읽고 있었다면 그 사람들은 그런 말을 할 수 없었을 것이다. 그런 책들은 '그런 책'이라고 지칭되는 순간 책으로서의 빛을 잃고 독자를 폄하의 대상으로 전락시키기 때문이다. 여기서의 "그런 책을 읽어?"는 시비다. '그런 책'의 지위는 어려운 책일 때만 당당한 것이 된다.

이런 생각을 하면 나의 독서 편력을 떠올리지 않을 수가 없다. 어렸을 때 집에 있던 그림자 정부에 관한 책을 열심히 읽었던 기억이 난다. 그 재미에 빠져 도서관에서도 한동안 음모론에 관한 책을 읽었었다. 그리고 야한 만화, 그래 야한 만화도 봤었지. 학원 선생님이 학생 전원에게 선물한 『시크릿』도 재미있게 읽었다. 나는 이런 '그런 책'도 읽었고 저런 '그런 책'도 읽으면서 지금의 내가 됐다. 이런저런 그런 책을 읽는 것은 잘못된 일이 아니다. 혹은 내가 소셜미디어의 필터 버블이 없던 시대의 독자라 너무 안심하는 걸까?

책 한 권 한 권이
깨끗해 보이는 것이,
모든 책을 자주 읽거나
자주 먼지를 터는 게
분명했다.

치마만다 응고지 아디치에,
『보라색 히비스커스』
(황가한 옮김, 민음사, 2019)

072

질문: 책장 청소는 어떻게 하세요? 저는 책을 많이 꽂으면 먼지도 많이 생기고 더러워지던데. 책벌레는 안 생기나요? 책벌레는 어떻게 하세요?

답변: 책벌레는 다행히 제 책장에서는 많이 발견되지는 않습니다. (어쩌면 제가 못 보는 것일지도요.) 책장은 가끔 먼지떨이로 먼지를 털어 주고, 물걸레로 드러난 부분을 닦습니다. 나머지는 운명으로 받아들이고 있습니다. 쿨럭쿨럭…….

다른 아이들이
맨션의 공부방 선생님에게
글자와 숫자를 배우는 동안
혼자 구석에 앉아
책을 보거나 낙서를 하다가
말없이 나가 버리기도 했다.

조남주, 『사하맨션』(민음사, 2019)

상황: 데스크에서 일하면서 간헐적으로 시간이 빈다. 데스크에는 약 20~30분마다 손님이 오거나 전화가 오고, 그 사이에 처리해야 하는 사무는 그다지 많지 않다. 책을 읽을 것인가? 인터넷 쇼핑을 할 것인가?

이 상황에서는 인터넷 쇼핑을 하는 쪽이 오히려 성실해 보이는 이상한 효과가 있다. 어찌 되었든 컴퓨터 모니터를 바라보고 있기 때문인데, 언제든지 새로운 손님을 받거나 전화를 받는 등 주의를 돌릴 수 있다는 점에서 그러한 인상을 준다. 책을 읽는 사람 역시 얼마든지 곧바로 주의를 환기할 수 있음에도 같은 상황에서 책을 읽는 행위는 불성실하거나 무관심하며 무례하다고까지 평가된다. 이는 독서가 외부와 차단되고 싶은 의지를 드러낸다는 인식이 깔려 있기 때문인 것으로 보인다.

실제로 저 상황에서 "책을 읽는 건 좀 그렇지 않을까요?"라는 말을 들은 적이 있다. 대단히 심오한 책도 아니었고 책 때문에 일을 그르친 적 역시 한 번도 없지만 어쨌든 보기에는 좋지 않았던 것 같다. 손님 입장에서는 제일 처음 마주하는 데스크 직원이 책을 읽고 있으면 말을 걸기 힘들 수도 있으니까. 내가 컴퓨터 화면을 보고 있으면 인터넷 쇼핑을 하는지 엑셀을 정리하는지 어차피 손님은 모르지만, 독서는 딴짓이라는 게 명확하다.

반대로 말하면 딱히 할 일은 없고 가만히 앉아 있으면 되는데 사람들이 모여 있는 경우에 책을 읽는 것은 대화를 차단하는 좋은 방법이다. 공연장에서 공연을 기다릴 때라든지 비행기나 기차에 탔을 때라든지. 뭘 해도 혼자 하는 것을 좋아하고 낯을 많이 가리는 나 같은 사람에게는 책이 일종의 보호 장구인 셈이다. 이럴 때의 책은 호텔 방문 앞에 걸어 놓는 '방해하지 마시오' 팻말과 비슷하다. 그러니까 주변에 결계를 치려면 멀리 갈 것 없이 책이면 된다.

그러고는 청년을 데리고
열람실에서 가장 길이가 긴
목록 대장 책장 앞으로 가더니
주저 없이 예닐곱 권의 목록
대장을 골라내서 한 권씩
펼치고 좀 전과 마찬가지로
청구번호들의 세로 기둥을
한 줄 한 줄 짚어 보이면서
뭔가 설명해 준 다음 책상에 잘
내려놓기를 되풀이한다.

아를레트 파르주, 『아카이브 취향』
(김정아 옮김, 문학과지성사, 2020)

074

도서관 책 목록 대장이 있었는지는 기억나지 않지만, 도서관 카드를 만들던 기억은 난다. 책 제일 마지막 장에 붙어 있던 대출자 목록에 이름과 날짜를 쓰던 기억도……. 그러면 내 앞에 누가 이 책을 빌려 갔는지 알 수 있었다. 내 대출 카드에는 내가 빌린 책의 제목과 빌린 날짜가 차곡차곡 쌓이고. 책 좋아하는 사람들이 으레 그렇듯 좋아하는 분야의 청구번호를 외워서 습관적으로 책을 확인하던 기억도 난다. 내가 선호하던 분야는 100번대, 200번대, 300번대(그중에서도 330), 400번대, 600번대(그중에서도 600, 650, 680), 800번대(그중에서도 850~890)다. 이렇게 쓰고 나니까 제외하는 걸 쓰는 게 더 빨랐을 것 같지만.

도서관에서 발견하는 책은 희한하게도 다 재밌어 보였다. 약간 내 취향을 벗어나는 책일지라도 도서관에 꽂혀 있다는 이유 하나로 손이 갔다. 서가를 한 칸 한 칸 꼼꼼히 들여다보면서 심혈을 기울여 여섯 권을 고르고 있자면 이것도 읽고 싶고 저것도 읽고 싶어 결국 이걸 꽂고 저걸 뽑았다가 저걸 꽂고 다시 이걸 뽑기가 일쑤였다. 그건 사서들의 노력과 도서관이라는 공간의 힘 덕분이었겠지. 도서관이 특별한 줄은 도서관을 좋아하는 사람들만 아는 것 같다. 책을 좋아하는 사람들만 책이 특별하다고 생각하는 것처럼.

『도서관 여행하는 법』을 읽어 보면 낯선 자를 환대하는 공간으로서의 도서관에 관해 알 수 있는데, 상황이 이렇게 되기 전에 외국의 도서관을 진작 더 많이 가 보지 못한 게 후회된다. 도서관에서 여행객들에게 관광 안내 책자를 나눠 주기도 한다는 걸 보고 아, 그렇지, 도서관은 노숙자조차도 환영하는 곳이지, 생각했다. 도서관이 없었다면 지금의 나는 내가 아닐 것이다. 공공을 위한 지성과 환대의 장소가 없었더라면.

새로 제작하는 전래 동화
스무 권짜리 전집에 비해
단행본인 에세이집은
말하자면 쉬어 가며 할 수
있는 일거리인데도 원고를
넘기면서부터 은근히
채근을 해 대었다.

양귀자, 「기회주의자」, 『슬픔도 힘이
된다』(살림, 2005)

『로맨스는 별책부록』이라는 드라마가 있다. 한국 드라마를 10년에 한 편쯤 보는 시청자지만 이 드라마는 보지 않을 수 없었다. 드라마 배경이 무려 출판사. 보는 내내 출판사의 일과를 엿볼 수 있다. 드라마이니만큼 판타지에 가까운 부분도 없잖아 있지만.

종영한 지 1년이 넘었는데도 가끔 어떤 장면들이 떠오른다. 저자가 사고를 치는 바람에 휴일에 출근한 직원들이 창고에 주저앉아 일일이 띠지를 풀어 내던 모습. 책날개에 프로필이 잘못 들어가 발을 동동 구르고, 팔리지 않은 책을 창고 비용 때문에 폐지 처리하던 모습. 시는 유명해졌는데 사람들이 공유만 하고 시집을 사지 않아 가난에 시달리는 시인과 번역본 몇 개를 짜깁기해서 뚝딱 만들어 낸 책, 그 책을 붙들고 양심의 가책에 시달리는 사원. 주인공들의 로맨스나 미스터리보다 마음에 오래 남은 것은 그런 장면들이었다.

책을 여러 권 내고 북튜브를 운영하면서 독자의 위치로만 보던 출판계를 조금은 복합적으로 보게 됐고, 애정도 갖게 됐다. 작은 부분이나마 드라마로 보여 주게 된 것이 반갑다는 생각이 들 정도로. 결코 아름답고 곱기만 한 산업은 아니지만 그래도 많은 종사자가 공유하는 감각이 있다는 느낌을 여러 번 받았다. 그 감각이란, 드라마의 대사를 빌리자면 "우리 책 만드는 사람들이잖아", 다른 것도 아니고, 책 만드는 사람들. 그게 뭐 그리 대단한 일이라고 오그라드는 소리를 하냐고 말하는 사람도 있으리라는 것을 안다. 하지만 그건 출판계를 자본 논리에 잠식시키지 않는 등불 같은 감각이라고 생각하고 있다.

파주의 겨울은 유난히 춥다는 여러 전언이 있었다. 북쪽이라 그렇기도 하겠지만, 출판사들을 산업단지에 몰아넣어서이기도 할 테고, 출판시장이 얼어붙어서이기도 할 테다. 출판단지에 따뜻한 겨울이 피어오르는 때를 소박하게 기다리고 있다.　165

그는 운동도 하고,
독서도 하고,
영어도 공부하고,
낮잠도 자고,
작곡도 하고,
또다시 운동도 했다.

이사벨 아옌데, 『영혼의 집』
(권미선 옮김, 민음사, 2003)

076

올해 12월에는 반드시 쉴 것이다. 강연도 안 하고, 영상도 안 올리고, 원고……는 지금 있는 지면만 하고, 책도 안 쓰고, 인터뷰도 안 하고, 심사도 안 하고, 자문도 안 하고, 무조건 쉴 것이다. 그래 봤자 여전히 원고도 쓰고 이메일 답장도 하고 포트폴리오도 만들고 독일어 공부도 하겠지만, 어쨌든 프리랜서에게는 그런 시간이 필요하다. 그것도 4년 동안 한 번도 쉬지 않은 프리랜서에게는.

다음 주에 무슨 영상을 올릴지 고민하고 3주 뒤의 영상에 필요한 기획을 하고 2주 뒤의 영상 스튜디오를 예약하고 자료를 모으고 스크립트를 쓰고 하나 끝나면 또 하나, 하나 끝나면 또 다른 하나, 다음 달의 영상과 그다음 달의 영상과 오늘 받은 악플과 내일 받을 좋아요, 고갈되는 아이디어와 밀려드는 요청과 예상되는 반응과 드러나는 모습으로 낱낱이 분해되고 평가받는 인격과……. 두 달 뒤의 영상 스케줄을 잡으면서는 정말로 약간 돌아버릴 것 같을 때가 있다. 플래너에 업로드일, 촬영일, 구성안 완성일을 차례대로 입력하면서, 완성에서부터 역순으로 날짜를 당겨 입력하면서 다가오는 공포, 불현듯 밀려드는 피로.

일을 하면 너무 내가 드러나서 두렵고, 일을 안 하면 사람들에게서 잊힐까 봐 두려운 외통수. 이게 다 내가 부족해서일까? 경력이 부족해서인지, 기질이 완벽히 맞지 않아서인지, 아니면 이 일이 원래 그런 건지 질문을 해도, 돌아오는 것은 세차게 흐르는 시간밖에는 없다. 자, 빨리 다음 일을 해야지, 등을 두드리는 손길에는 여유가 없다. 너무 많은 일을 하고 있는지도 몰라. 수십 년씩 일한 사람들은 대체 어떻게 그렇게 할 수 있었을까? 나는 혼이 다 빠져나간 것 같은 표정으로 누워서 좀비 같은 소리나 낸다. 꾸에에엑…….

콜린스 씨가 지극히
단조롭고 근엄한 목소리로
석 장째를 낭독하고
있을 무렵, 리디아가 낭독을
가로막으며 말했습니다.

제인 오스틴, 『오만과 편견』
(김정아 옮김, 펭귄클래식, 2003)

077

"여기 누가 한번 읽어 볼까? 오늘 며칠이지?" 이 말에 왠지 뜨끔했다면 당신도 부정할 수 없는 한국 사람. 학생들이 졸지 않게 하기 위해 선생님들이 주로 영어나 국어 시간에 많이 쓰던 이 스킬은 몇몇 학생에게는 알레르기를, 몇몇 학생에게는 흥을 선사했으며 어떤 선생님들은 이 스킬로 학생들의 성격 특성을 파악하기도 했다고 전해진다. 나는 낭독을 좋아한 바람에 "누구 읽어 볼 사람?" 같은 섬뜩한 질문에까지 손을 들고 낭독을 하던 당찬 학생이었다. 그리고 그 학생은 커서 북튜버가 되었습니다. 짜잔.

하지만 아무리 낭독을 좋아하더라도 남이 읽는 걸 듣는 건 또 다른 이야기인데, 대학교 수업에서 텍스트를 강독할 때면 왜 그렇게 잠이 솔솔 오던지. 같은 텍스트도 혼자서 읽으면 재미있는데 왜 수업 시간에 교수님이 읽으면 이렇게 눈에 들어오지 않았던 것인지 미스터리가 아닐 수 없다. 텍스트가 문제인지 목소리가 문제인지 교실이 문제인지 모르겠지만 하여간 확실한 것은 누군가가 앞에 나와 써 있는 내용을 읽기만 하는 걸 좋아하는 사람은 많지 않다는 것이다. 유튜브에 낭독 영상을 올리면 별로 조회 수가 안 나오는 것도 그래서인가 보다.

침대 위에는
자기 전에 읽는 소설이
한 권 놓여 있었고,
의자 위에는
파이프가 있었소.

아서 코난 도일, 『셜록 홈즈 전집 1:
주홍색 연구』(백영미 옮김, 황금가지,
2002)

지금 당장 내가 죽으면 심리 부검을 통해 어떤 사람으로 분석될지 상상해 본다. 일단 책이 아주 많다는 게 특징적이겠다. 침대 옆에는 『이해하는 미적분 수업』 같은 책이 있고, 책상에는 뭐…… 말로 다 하기 힘든 책이 쌓여 있고, 책장에도 온갖 책이 다 있고, 책을 읽고 쓰고 소개하는 게 직업이었으니까 '1. 책에 파묻혀 죽었다. 미적분은 이해하고 죽은 것 같다'고 써도 크게 틀린 말은 아닐 것이다. 혹은 책상에 쌓여 있는 책의 목록과 이 책의 원고를 보고 '2. 현대성에 대한 고민이 있었던 것 같다'고 말할 수도 있을 것이다.

'3. 유튜버로서 부담이 컸을 것으로 보인다. 영상에 파묻혀 죽은 것일 수도 있다.' 이것도 사실이다. 이 글을 쓰고 있는 지금은 유튜브 채널 구독자가 15만 명을 돌파한 때로, 인터넷 여기저기에 감사의 글을 올려 둔 상태다. 숫자가 늘어나는 데에 대한 부담과 이따금 마주하는 악플로 지친 면이 있음을 인정한다. 최근 라디오 게스트들과의 사담 속에서 유튜버로서의 고충을 토로한 바가 있는 것으로 밝혀지고 나면 이러한 의심은 확신으로 바뀔 것이다.

그러나 꽉 찬 냉장고, 온라인 서점 장바구니, 주문해 놓고 배송을 기다리고 있는 물건들을 보면 자살 생각은 없었음을 알게 될 것이며, 타살의 흔적을 찾고 분석하기 위한 시도를 꾸준히 해야 한다는 사실을 깨닫게 될 것이다. 그리고 마지막 문장은 이런 게 될까. '4. 그녀는 책의 원고에 자신을 변호하기 위한 용도의 글을 써 두었다.'

이런 책들을 가지고
마인드를 찾을 수는
없을 것이다.

김초엽, 「관내분실」, 『우리가 빛의
속도로 갈 수 없다면』(허블, 2019)

그다음에는 집에 널린 책으로 나의 뇌를 재구성해 볼 수 있을 것이다. 이 중 뭘 읽었고 뭘 읽지 않았는지 판별하면 제일 좋겠다. 아니면 분야별로 책의 권수를 세어 보는 방법도 있다. 그럼 권수를 세어 보는 걸로 충분할까? 내가 사지 않은 책과 산 책을 구분해야 하는 건 아닐까? 사지 않은 책 중 읽은 책과 산 책 중 읽지 않은 책도 고려해야 하는 것 아닐까? 앞서 책을 옮기거나 몇 문장씩 읽으면서 그 책이 조금씩 흡수되었을 것이라는 에코의 말을 빌려 왔으니 실은 꽂혀 있었던 모든 책이 다 의미가 있었다고 봐도 좋을까? 그렇게 따지면 충분할까?

아니면 내가 쓴 책을 읽어 볼 수도 있겠다. 혹은 내 핸드폰의 메모들, 내가 구상하던 책과 그에 관해 적어 둔 단상들을 살펴보면 거기에 힌트가 있을 수도 있다. 하지만 여전히…… 그것으로 충분할까? 내가 살았던 집의 구석구석을 살펴보고 내가 소셜미디어에 썼던 글을 하나하나 읽어 보고 내가 먹었던 음식을 먹어 보고 내가 방문한 곳을 방문해 보면 나의 뇌는 규명될 수 있을까? 해상도를 어디까지 높여야 할까? 해상도를 높이면 가능할까?

그냥 메모를 하나 남기는 수밖에 없다. '냉장고에 로제 와인이 한 병 있어요. 제가 한 잔 마시긴 했는데 많이 남아 있어요. 좀 드세요. 그리고 모든 걸 잊어버리세요. 어차피 다 틀렸어요.'

"모든 철학책은 자전적이다."

김애령, 『듣기의 윤리』
(봄날의박씨, 2020)

080

어떤 추상성은 삶을 조타하는 힘이 된다. 그 힘은 불가항력적이어서 피해서 구르려 해도 중력처럼 삶을 질질 끌어당긴다. 엉덩이를 들썩이고 머리를 울리는 비포장도로를 굴러도, 그래서 배가 곯고 옷이 닳고 현기증이 나도 자신의 의지와는 상관없이 추상성을 향해 가차 없이 돌진된 이들을 철학자라고 불러 보자.

철학자들의 도구는 언어와 추상성이기에 그들은 이미 반쯤 세상을 기만하고 있다. 그들은 눈에 보이는 현실 대신 자신이 현실에 부여한 현실의 뼈대를 가지고 세상을 이야기한다. 그건 실제 뼈대가 아님을 모두가 안다. 하지만 그것은 가상적으로 작동 가능한 뼈대. 그들이 하는 일은 각자 자신이 주장하는 뼈대를 한 채씩 가지고 와서 프레젠테이션을 하는 것이다.

이 사람들은 타고나기를 현실의 살결 속에서 뼈대를 보도록 태어나서 살을 직접 만지는 일에는 영 재능이 없다. 하지만 이 사람들도 그걸 선택한 것은 아니다. 말하자면 그건 어떤 사람들이 오이를 싫어하고 어떤 사람들이 당근을 싫어하는 일과 비슷하다. 그들은 돌진했다기보다는 돌진된 사람들이다. 어떤 사람들은 말한다. 저따위 뼈대를 가지고 뭘 하란 말인가! 아무짝에도 쓸모가 없다! 그것은 반쯤 맞는 말이다. 어차피 뼈대만 가지고는 아무것도 못 한다. 해골은 인간이 아니고 설계도는 집이 아니다. 하지만 한편으로는, 끊임없이 집의 청사진과 유지 보수가 필요한 부분과 그 집을 둘러싼 기후와 지형을 점검하지 않는다면, 그 집은 무엇이 될 것인가?

그래서 이 눈먼 사람들, 추상성에 삶을 바친 사람들은 제힘 닿는 데까지 현실을 솥에 넣고 휘저어 정수를 뽑아내고 자신이 준비한 퍼즐 판에 여기저기 붙여 본다. 가끔은 그 쓸모없어 보이는 일이 누군가를 구원하는데 나도 그렇게 삶을 버텨 냈다.

위대하든 초라하든, 한 인간의
죽음은 죽은 그 사람과
나머지 전 인류 사이에 무섭도록
단호한 선을 긋는다는 점에선
마찬가지라고, 탄생이 나 좀
끼워 달라는 식의 본의 아닌
비굴한 합류라면 죽음은 너희들이
나가라는 위력적인 배제라고,
그래서 모든 걸 돌이킬 수 없도록
단절시키는 죽음이야말로
모든 지속을 출발시키는 탄생보다
공평무사하고 숭고하다는
생각이 든다고, 다언은
책을 읽듯이 담담하게 말했다.

권여선, 『레몬』(창비, 2019)

울부짖으며 책을 읽는 사람. 덜덜 떨며 책을 읽는 사람. 흥분된 어조로 책을 읽는 사람. 읽는 목소리에 기쁨과 환희가 묻어 있는 사람. 그런 사람들이 두엇쯤 살고 있을 수도 있다. 하지만 공식적으로 책 읽기는 담담한 행동인 것으로 되어 있다. 배우나 성우가 아닌 이상 감정도 싣지 않는 것으로 되어 있다. 심지어 우리는 (이제는 하나의 밈이 된) 장수원의 "괜찮아요? 많이 놀랐죠?" 같은 연기를 '책을 읽는 것 같은 연기'라고 부른다. 책 읽기가 무엇보다 강렬한 경험이 될 수 있다는 사실이 종종 잊히는 데에는 그런 이유도 있을 수 있겠다.

아무도 없는, 혹은 신경 쓰지 않는 공간에서 책의 문장들에 생명을 불어넣는 일은 은밀한 재미가 될 수 있다. 나는 버스에 앉아 피아노곡을 들으며 거기에 몰두하고, 곡의 감정에 집중하고, 더 나아가 내가 원하는 호흡도 가늠해 보곤 하는데, 그러다 보면 미간이 좁혀지고 얼굴이 일그러지기도 하지만 어차피 그걸 굳이 지켜보는 사람은 없다. (요사이에는 마스크를 쓰고 다니느라 더욱 편안하게 곡에 몰입할 수 있다.) 책도 비슷한 경험이 가능한데, 마음속으로 온 감정을 실어 소설의 대사를 읽어 볼 수 있고, 읽다가 눈물이 나면 책으로 얼굴을 가릴 수도 있다. 아무도 모르게 화를 내고 기뻐서 어쩔 줄 모르고 눈물을 훔치다 보면 책을 읽듯이 말하는 것이 얼마나 열정적인 일인지 깨닫게 된다.

그러니까 소설책을
두 번째 장만 찢어서 가지는
사람은 없잖아요.

장류진, 「다소 낮음」, 『일의 기쁨과
슬픔』(창비, 2019)

하지만 이제는 소설책 자체를 가지는 사람이 많지가 않지. 「다소 낮음」에서 장우가 부딪히는 게 그런 문제다. 나는 앨범을 내고 싶은데 빨리 싱글을 내라고 하는 그런 거. 고리타분한 생각이라고 모두가 비난하지만 만드는 사람의 마음은 그럴 수 있는 것이다. 처음부터 끝까지 들을 누군가를 위해서. 처음부터 끝까지 읽을 누군가를 위해서.

강연을 하러 가면, 책 읽는 일을 경청이라고 설명한다. 그건 우리가 평소에 하기가 정말 힘든 일이다. 만나서 이야기를 한다고 다 경청을 하는 게 아니다(경청하지 않는 상대에게 실망해 연애를 포기한 적이 몇 번이던가……). 경청에도 일종의 기술이 필요하기 때문이다. 집중해서 듣고, 때로는 맞장구를 치고, 때로는 질문도 하면서 이야기를 풍부하게 끌어내는 건 의식적인 훈련이 필요한 일이다. 책을 읽는 것도 마찬가지여서, 이 사람이 나에게 하고 싶은 이야기가 무엇인지를 집중해서 읽고, 밑줄도 치고, 질문도 하는 것이 그 책을 최대한으로 읽어 내는 방법이다. 반대로 글을 쓰는 일 역시 나에게 집중하고, 질문하고, 답하고, 다시 질문하는 일이다. 책은 저자의 경청과 독자의 경청으로 완성된다.

하지만 그러기에 우리는 너무 지쳤을지도 모른다. 혹은 너무 바쁠지도 모르고. 처음부터 끝까지, 누군가의 이야기를 듣고 있기에는. 그래서 '영화 결말 포함 줄거리'와 '노래 후렴 모음'과 '소설 줄거리 요약'의 힘을 빌려 재미를 느끼는 것이 자연스러워졌는지도 모른다. 그런 쿨한 재미에는 어쩐지 적응이 잘 안 되는 건, 역시 나도 장우처럼 고리타분한 인간이 되어 버려서인 걸까. 나는 그래도 끝까지 듣고 싶은데. 당신을 알고 싶은데.

만약 말이죠,
제가 이 서점에서
내 평생의 짝을 만나게 된다면,
서점의 어느 책 옆에
서 있어야 그렇게 될 확률이
가장 높아질까요?

젠 캠벨, 『그런 책은 없는데요…』
(노지양 옮김, 현암사, 2018)

083

이제는 정말로 그런 건 믿지 않는다.

　같은 책을 좋아한다는 건 같은 책을 좋아한다는 뜻이고, 같은 관심사를 가졌다는 건 같은 관심사를 가졌다는 뜻이다. 거기에 뭔가 다른 운명 같은 게 있을 거라고 믿는 건 호된 착각이라는 걸 이제는 안다. 만들고 망치는 건 다 인간의 몫이다.

　사람이 모든 걸 근사하게 망칠 수 있다는 걸 뼈아프게 깨달은 일들이 있었다. 나와 꼭 맞지는 않을지라도 적어도 관계에 대한 예의는 지키는 사람들과 교류한다는 믿음이 있었지만 이제는 정말로 아무것도 믿지 않는다. 어쩌면 운명적인 아름다움을 감지하는 탐조등이 제 기능을 잃어버린 것일 수도 있다.

　처음으로 가뭄을 겪고 있는 신뢰의 샘에는 물의 흔적들만 찰랑거린다. 나는 괜히 맨발로 그 흔적들을 찰박거리며 다시 물이 차오를 날을 기다린다. 까마득한 열기가 샘을 푹푹 말리고 있지만, 계절은 다 지나갈 것이라고 일부러 생각해 보는 것이다.

호기심이나 측은한 마음을
불러일으키게 되어 있는 이야기 전개 방법,
불안감과 우수를 일깨우는 특정 어투 등,
약간의 지식이나마 갖춘 독자라면
많은 소설들에 공통적으로 있음을
즉시 알아차리는 그러한 점들이,
나에게는 단지—하나의 새로운 책을,
그것과 유사한 다른 많은 책들 중 하나로
여기지 않고, 오직 자신 속에서만
존재 이유를 가지고 있는 고유한 인물로
여기던 나에게는—『유기아 프랑수아』의
고유한 정수가 나의 마음을 뒤흔들며
발산되는 현상으로 보였다.

마르셀 프루스트, 『잃어버린
시절을 찾아서』(이형식 옮김,
펭귄클래식코리아, 2015)

"호기심이나 감동을 자아내는 서술 방식, 불안과 우수를 불러일으키는 말투 등, 약간 지식이 있는 독자라면 다른 소설에도 흔히 찾아볼 수 있는 그런 것들이 내게는 『프랑수아 르 샹피』의 특이한 본질에서 발산되는 뭔가 혼란스러운 것으로 여겨졌다. 내게 새로운 책이란 그 책과 유사한 많은 것들 중 하나가 아니라, 그 자체로 존재 이유가 있는 유일한 사람 같았다." 이건 민음사 판이다. 앞서 가져온 펭귄클래식 판보다 문장이 잘 읽히는 한편, 한 문장으로 표현되었을 때와는 조금 다르게 읽힌다.

『유기아 프랑수아』라는 말에서 '유기아'는 전혀 한국어로 읽히지 않지만 실은 '유기된 아이'라는 뜻이고, 우리나라에는 이 조르주 상드의 책이 『사생아 프랑수아』로 번역되어 있다. 민음사 판에서는 책 제목을 『프랑수아 르 샹피』라고 불어 그대로 옮겨 적어 책의 내용을 짐작할 수 없으나 뒤의 이어지는 내용에서 '샹피'라는 이름에 관해 생각하는 부분이 나오므로 그와 자연스럽게 연결된다. 하지만 '샹피'라는 단어 자체가 들판을 뜻하는 '샹'champ에서 유래되었기 때문에('들판에 버려진 아이') 펭귄클래식 판에서는 이 이름에 관해 생각하는 부분에 주석을 달아 설명하고 있다.

그러니까 이게 보통 일이 아닌 것이다. 무엇을 선택할 것인가? 문장을 자를 것인가, 어떻게든 한 문장으로 만들 것인가? 책 제목을 원어 그대로 번역할 것인가, 우리나라에 번역된 제목을 참고할 것인가, 아예 새롭게 번역할 것인가? 문학의 위대한 성취라고 평가되는 작품의 경우 번역 난이도는 기하급수적으로 올라간다. 독자들은 번역자의 이름을 무심하게 지나칠 수 있겠지만 사실은 번역자들이 엄청나게 많은 일을 하고 있고, 때로는 작품을 재창조하고 있다.

하지만 이 자서전을
굴드는 쓰지 않았다.

미셸 슈나이더, 『글렌 굴드 피아노
솔로』(이창실 옮김, 동문선, 2002)

우리는 억울하거나 자랑스럽거나 골치 아픈 일을 꾹 참는 서로에게 말한다. 이거 나중에 자서전에 써. 나중에 다 써 버려. 그러면 우리는 웃으며 넘어갈 수 있다. 마음속으로 미래의 자서전을 쓰고 있는 사람들은 얼마나 될까? 나는 그러마 다짐하고 며칠 못 가 대부분을 잊어버린다. 큰 조각들은 체에 걸러지지 않아 그대로 남고 자잘한 일들은 다시 삶의 흐름 속으로 자취를 감춘다. 나는 나에게 남은 사금파리 조각들을 바라보고 바라보면서 날카로운 끝에 베이지 않고 꺼내 놓을 수 있는 날을 기다린다.

끔찍하지, 삶이란 게. 삶은 너무 끔찍하고 어처구니가 없어서 말해야만 하는 일을 말할 수 없게 만들고 말하지 않아도 상관없는 일만 말할 수 있게 허락한다. 말해야만 하는 일을 말하고 나서 제 삶을 침범당하는 기막힌 사태에 슬퍼하는 사람들은 또 얼마나 될까? 자신의 이야기를 하는 것만으로 세상과 투쟁해야 하는 사람들. 에세이가 투쟁이 되는 사람들. 자서전이 비명이 되는 사람들. "나는 입이 없다 그리고 나는 비명을 질러야 한다."*

그래서 누군가는 소설을 쓰고 누군가는 시를 쓰고 누군가는 음악을 만들고 누군가는 그림을 그린다. 쓰지 않을 수 없는 삶의 증언을 새로운 형태로 창조해 낸다. 나만 보고 들을 수 있는 일기가 아니라 다른 사람에게 보여 줄 수 있는 형식으로. 모든 예술이 아픔에서 시작되지는 않지만 어떤 아픔은 예술로 승화된다. 자서전이지만 더는 자서전이 아닌 것들이 그렇게 탄생한다. (굴드에게도 그래서 자서전이란 필요하지 않았을지도 모른다. 그에게 필요한 삶의 증언은 음악으로 마쳤기 때문에. 그가 내면으로 침잠하는 수도승 같은 연주자여서 세상 사람들에게 무엇도 말할 필요가 없었던 것처럼 보이지만, 아픔이든 황홀이든 삶을 증언할 필요가 없는 사람은 악기에 인생을 바치지 않는다.)

* 할란 엘리슨의 책 제목

음악이라고 규정되어 있으나
이것은 소리가 아니라 책이고,
책이므로 읽어야 하지만
읽어야 할 대상이 음악이고,
책 안에 적힌 내용은 본래
우리가 '읽는다'고 표현하는
글에 국한된 것도 아니고
그림과 사진과 악보와 텍스트가
한데 모여 있다.

신예슬, 『음악의 사물들』
(작업실유령, 2019)

악보는 텍스트다. '텍스트'가 직조된textured 것, 종이에 직물textile 처럼 인쇄된 기호들, 소통을 위해 구조 지어진 것textus이라면 전 적으로 그러하다. 악보는 오선지를 거듭해서 표현함으로써 가지 런히 천의 형태를 갖춰 가는 듯하지만, 그 위로 널뛰는 음표와 쉼 표는 악보를 흐트러뜨리면서 악보를 글자로 된 얌전한 텍스트보 다도 더 먼 곳으로 보낸다.

악보는 촘촘히 말한다. 널뛰는 표기들 사이로 비치는 은근한 마음과, 곳곳에 써 둔 용어와 기호들, 조용하게 약한 소리로, 매 우 거세게, 매우 여리게, 매우 거세게, 매우 여리게, 약간 느리게, 생기 있게, 점점 작게, 점점 크게, 부드럽게, 섬세하게, 표현을 풍 부하게, 연결하여, 점점 커지면서 생기 있게, 불안하게……. 이 음과 이 음은 떨어뜨리고, 이 화성은 앞부분과 다르게 하고, 여기 서 악센트를 주고……. 모든 선택과 흔적에 저자의 목소리가 수 록된다. 그러므로 악보는 암호이고, 편지이며, 일기이고, 몽상이 고, 모든 텍스트다.

치지도 않을 악보를 사서 읽는다. 그는 무엇이 그렇게 슬펐 길래 음표를 물처럼 쏟아 놓고 우는 것일까? 저기 다른 이는 왜 엉엉 울지 않고 이렇게 자꾸만 가슴을 치며 누르는 것일까? 그림 이며 글이며 소리가 종이에서 왕왕 울린다. 가만히 종이에 귀를 기울인다. 한 번에 들리지 않는 소리를 몇 번이고 다시 재생하면 서 읽는다. 충분히 읽고 나면 악보는 새로운 차원을 내어놓는다. 뛰어난 연주자들의 소리를 통해 개시되는 새로운 차원은 연주자 와 작곡가의 하이파이브 같은 것이다. 악보와 소리, 소리와 의미, 의미와 감정, 감정과 해석, 다시 해석과 악보…….

나는 무슨 내용인지
이해도 못 하면서
생소한 책을 읽어 나간다.

세라 워터스, 『핑거스미스』
(최용준 옮김, 열린책들, 2016)

머리를 쥐어뜯는다. 목 뒤로 긴장이 뻐근하게 뭉친다. 정신을 바짝 차려야 한다. 한 문장 한 문장 집중해서 읽고 밑줄을 긋는다. 이 문단과 이전 문단의 관계를 생각한다. 책에서 정의하고 있는 단어의 의미를 반복적으로 생각한다. 책의 전체 주제가 무엇이었는지를 떠올린다.

이해가 가지 않던 책이 조금씩 조금씩 이해의 범위 안으로 들어올 때면 찰칵, 하는 소리가 들려온다. 퍼즐이 맞춰지는 소리, 혹은 열쇠로 문을 여는 소리. 이 소리가 내 방의 문을 잠그는 소리가 될까 봐 서둘러 다른 책들을 책상 언저리에 쌓는다.

이건 원하는 책을 읽을 시간이 있을 때 누릴 수 있는 호사다. 여러 사람이 평생 연구하고 생각해서 만들어 낸 결과물을 한자리에 앉아 배우는 일. 평소에 잘 쓰지 않는 생각의 근육을 씀으로써 조금 더 오래 집중할 수 있는 능력을 기르는 일. 세상을 보는 시각을 구석구석 넓히고 나의 어리석음을 깨닫는 일. 그리고 학자들조차도 책에 담지 못한 삶의 장면을 가늠해 보는 일. 정신은 맑은 물에 씻은 듯 개운해진다.

책이 암호며 퍼즐이며 도랑이며 죽비가 된다는 사실은 늘 놀랍다. 책의 바다에 빠져 어리석게 죽을까 봐 책은 책일 뿐이라고 말하면서도 그래도 책은 책만이 아니라고 자꾸만 말하고 싶어진다. 삶보다 못한 것을 삶보다 위대하다 여기면 안 된다고 생각하면서도 그래도, 그래도

그런 문헌은
입법을 통해 표현될 수 있는
진리를 말하고 있다는
침착한 확신을 표현한다.

장-피에르 보, 『도둑맞은 손』
(김현경 옮김, 이음, 2019)

088

나는 법이 요구하는 언어를 구사해야 했던 사건들을 통해 '언어를 가진다'는 것의 의미를 이해했다. 그것은 나의 경험을 기술할, 법적으로 받아들여지는 형태의 언어가 존재한다는 뜻이었다. 해석의 가능성이 철저하게 한정되어 있고 법전의 항목으로 적용 가능한 언어들 속에서만 나의 경험은 인정받을 수 있었다. 그러한 언어를 구사하기 위해 나는 기억을 헤집고, 기록을 복원하고, 어느 한구석 빠짐없이 마음에 고통스러운 동요를 일으키면서 동시에 글을 쓸 수 있을 정도의 침착함을 유지해야 했다. 복잡하고 요란한 마음이 제한된 문장들 속에서 납작하게 찍혀 나왔다. 끔찍한 마음으로 단호한 문장들을 바라보았다.

그럴 때마다 시를 썼다. '시를 썼다'기보다는 '시를 붙잡았다'고 말하는 게 맞을지도 모른다. 단호한 문장들 근처를 연기처럼 배회하는 문장들이 있었다. 떠다니는 문장들을 잡아다 아무도 알아볼 수 없을 정도로 꼭꼭 뭉친 다음, 거기서 단어들을 뚝뚝 떼어 냈다. 나는 울다 말고 시를 썼고, 시를 쓰다 말고 울었다.

나는 법이 울음을 얼마나 반영하고 있는지 잘 모른다. 내가 체에 걸러 내린 문장들이 창백한 종이를 거쳐 다시금 인간에게 전해졌을 때, 종이 위를 배회하는 영혼을 그들이 감지하는지 나는 모른다. 보내는 이는 그저 그들의 얼굴이 종이처럼 창백하지 않기를, 얼굴에 혈색과 눈물이 돌기를 바라는 수밖에 없는 것이다. 이 바람은 얼마나 실현되었던가? 때로 나는 친구들과 함께 분노하거나 다행스러움에 울먹인다.

여전히 언어를 갖지 못한 경험들이 있다. 언어에 숭덩숭덩 뚫린 구멍에서는 진실의 바람이 새어 나온다. 그 사이로 울음소리 같은 것이 들려오기도 할 것이다.

내가 읽고 대화를 경청하는
책 속의 인물들과 나 자신이
비슷하면서도 한편으로
이상하게 다르다는 걸
알게 되었다.

메리 셸리, 『프랑켄슈타인』
(김선형 옮김, 문학동네, 2012)

나는 왜 여성은 열등하다고 말하는 소크라테스를, 루소를, 니체를 좋아했을까? 왜 아내와 아이를 버리고 예술을 택하는 『달과 6펜스』의 스트릭랜드를 동경하고, 여성을 불완전한 존재로 보는 프로이트의 『꿈의 해석』을 흥미롭게 읽었을까? 남성이 여성보다 절대적으로 우월하다고 공개적으로 말한 소설가나 성폭력을 저지른 시인들까지 갈 것도 없다. 그런 책들은 공기처럼 존재했다. 셀린 시아마 감독의 말처럼(감독의 말에서는 '책'이 아니라 '영화'였지만) 오랫동안 나는 나를 사랑하지 않는 책을 사랑해왔다.

나는 여성 어린이를 독자로 상정하는 고전에 흥미를 느끼는 어린이는 아니었다. 영미문학의 고전으로 대표되는 책들, 이를테면 『작은 아씨들』이나 『메리 포핀스』, 『빨강 머리 앤』, 『키다리 아저씨』 같은 책은 나의 관심 목록에서 제외되어 있었다. 그 자리를 차지한 것은 『이윤기의 그리스 로마 신화』 시리즈, '이야기로 익히는 논리학습' 시리즈, '앗, 시리즈', 『개미』나 『삼국지』 같은 소설, 각종 위인전과 역사책 같은 것들이었다. 나는 책 속에서 또래 여자아이들이 아니라 나이 많은 남성들과 놀았다.

나의 독서를 후회하는가? 그렇지 않다. 물론 어떤 책들은 버렸고 어떤 책들은 다시 보지 않지만, 책 속에서 느낀 순수한 희열이 읽을 당시에는 있었다. 내가 인간이기 때문에, 나는 여성이지만 또한 인간이기 때문에 아마도 남성 독자와는 조금 달랐을지도 모르는 재미를 느낄 수 있었다. 나는 내가 그 속에서 느낀 보편성만큼이나 그 반대의 경우에도 충분한 보편성이 확보될 수 있다고 생각한다. 여성이 인간인 만큼 그들도 인간일 테니까, 혹은 인간이어야 할 테니까. 그러니 우리는 조금 더 여성의 이야기에 몰입하는 법을 배워야 한다. 고뇌하고 설치고 돌아다니는 모든 여성의 이야기에.

월콕스가 우연히 들었다가
까먹은 그 종교에 대한 소문이,
무의식중에 그가 읽은 이런저런
기이한 책들의 내용과 그만의
상상에 뒤섞여 꿈에 나타났으며,
그 바람에 종조부한테 보여 준
점토 조각상과 나한테 방금
보여 준 무시무시한 조각상까지
만들게 됐다고 생각한 것이다.

H. P. 러브크래프트, 「크툴루의 부름」,
『하워드 필립스 러브크래프트』
(김지현 옮김, 현대문학, 2014)

백화점에서 연쇄살인 사건이 벌어지고 있다. 뉴스에서는 이 기이한 사건을 연달아 방송한다. 살인 현장에 남겨진 마네킹 덕분에 이 사건은 '마네킹 살인 사건'이라고 불리고, 그 특이한 정경을 보도하지 않을 인내심을 포기한 언론 덕에 시민들은 이 살인 사건이 벌어진 현장에서 시체와 똑같은 포즈로 누워 있는 마네킹이 나란히 발견되리란 걸 알고 있다. 왜인지 나는 달린다. 백화점 꼭대기 층에서부터 숨이 차도록 달려 내려간다. 뒤에서 나를 쫓아오는 발소리가 타닥타닥 들려온다. 에스컬레이터를 정신없이 뛰어 내려가다가, 가구가 전시된 5층에서 가구들 사이로 뛰어 들어간다. 나는 처음에 서랍장 뒤에 숨었다가, 추격자의 눈치를 보며 다른 서랍장 사이로 도망친다. 따라오는 발소리는 빈도가 낮아진다. 추격자는 천천히 내가 있을 법한 장소를 찾고 있다. 쿵쿵쿵, 심장이 입 밖으로 튀어나올 것 같다. 나는 침대가 전시된 쪽으로 향한다. 발소리를 낮추고, 침대 밑으로 미끄러져 들어가 눕는다. 나는 고개를 돌린다. 내 오른쪽에 나와 같은 포즈로 누워 있는 마네킹을 발견한다. 추격자가 침대 밑의 나를 보고 깔깔깔 웃는다.

이건 내가 살면서 꿨던 가장 무서운 꿈 중에 하나다. 살인자가 자신의 손에 들려 있던 칼을 내 손에 쥐어 주었고, 정신 나간 사람처럼 내 배를 난도질하다가 잠에서 깼다. 뭐 이딴 꿈이 다 있어. 그 전날 『그것이 알고 싶다』라도 봤는지 어쨌는지, 하여간 땀을 뻘뻘 흘리며 깼던 기억이 난다.

나는 제법 영화 같은 꿈을 자주 꾸는 편이라 이 꿈을 꾸고 나서는 스릴러 꿈은 사양하게 되었다. 이왕 꾸는 거 판타지나 좀 힐링되는 드라마 장르였으면 좋겠네. 하지만 이 글을 쓰고 있는 오늘도 참 설명하기 기이한 학원물 꿈을 꿨다. 이건 아마도 『보건교사 안은영』의 영향인 걸까.

그게 어떤 소설이 되었든,
소설을 읽는 동안 우리는
그것이 모두 허튼소리라는 것을
숙지해야만 하며,
그러면서도 읽는 동안에는
그 안에 담긴 모든 것을
믿어야 한다.

어슐러 르 귄, 『어둠의 왼손』
(최용준 옮김, 시공사, 2014)

소설은 결론이 아닌 과정이며 보상이 아닌 성찰이다. 소설을 읽는 독자는 자신의 몸 밖으로 나아감으로써 새로운 세계를 색칠하며 경험하는 인간이 된다. 그것을 차라리 평행 세계라고 해도 좋다. 몇 개의 중첩된 세계를 품고 살아가는 사람은 그 중첩된 자리에 그늘진 삶의 이면을 보게 되므로 고난이 왔을 때도 평행 세계의 조각을 꺼내 초콜릿처럼 씹어 먹을 수 있다. 소설은 허구이지만 허구가 아니며, 언제든 예비된 진실이다.

삶이 인간을 받쳐 주기를 멈추어 그가 바닥없는 심연으로 떨어져 갈 때 문학은 그가 아예 지구 속을 통과해 새로운 땅에 정착할 수 있도록 돕는다. 그것은 외면이나 냉소가 아닌 간절한 제의에 가깝다. 문학은 그가 너무 빠른 속도로 떨어지지 않도록 날개를 달아 준다. 그리고 삶의 중력이 한 방향으로 작동하지 않는다는 것을 말해 준다. 그리하여 떨어지는 이는 떨어지는 순간 그것이 떨어짐이 아닌 다른 방향으로의 추진임을 깨달을 수 있다. 그렇게 바닥을 뚫고 새로운 땅에 도달하려는 이는 오히려 솟아오르고 있다. 문학이 달아 준 날개는 이제 떨어지는 속도를 줄이는 데에 쓰이는 대신 두 발을 다시 땅에 붙이는 데에 쓰인다.

상상력은 지금과는 다른 세계, 다른 삶, 다른 선택지를 그려 보기 위한 조건이다. 허구가 또 하나의 진실이 될 수 있다고 믿는 능력은 다른 세계, 다른 삶, 다른 선택지를 내 삶 안에서 실현하기 위한 조건이다. 무수한 개인의 진실은 문학 속에서 구체화된다. 그것은 사실도 허구도 아닌 진실의 영역이다. 소설의 결말을 향해 급하게 달려간 후에 그래서 이게 나에게 무슨 이득을 주느냐고 묻는 것은 죽음을 향해 급하게 달려간 뒤 그래서 삶이 나에게 무슨 소용이냐고 묻는 것과 비슷하게 들린다.

시간의 특성을 다룬
최고의 책 중 한 권으로 꼽히는
『시간의 방향』에서
한스 라이헨바흐가 제시한 것처럼,
시간이 초래한 불안을 피하기 위해
파르메니데스는 시간의 존재를
부정하려 했고 플라톤은
시간을 초월해 존재하는
이데아의 세계를 상상했으며,
헤겔은 정신이 덧없음을 초월하여
그 충만함 속에서 자신을 아는
순간에 대해 말하고 있다.

카를로 로벨리, 『시간은 흐르지
않는다』(이중원 옮김, 쌤앤파커스,
2019)

하이데거는 인간이라는 존재는 시간 위에서 이해될 수 있다고 말한다. 모든 인간은 탄생부터 죽음으로 이어지는 각자의 시간 속에서 살아간다. 시간은 한정되어 있고 죽음은 그가 가진 시간의 끝이다. 패가 하나밖에 없는 것이다(우리는 한 생애 분량의 기억밖에 가질 수 없으므로 적어도 그렇게 생각하게 된다). 그는 다가올 죽음을 향해 미리 달려 나가 봄으로써 현재의 삶에서 허위를 걷어 낼 수 있고, 그 순간 과거는 새롭게 해석되며, 그와 동시에 현재 역시 새로운 세계로 펼쳐진다. 미래와 과거와 현재가 손을 잡고 춤춘다. 그는 진정한 알맹이로 돌아온 존재가 된다.

카를로 로벨리에 따르면 시간이란 항상 흐르고 있는 배경이나 조건이 아니라 양자들의 상호작용으로 탄생하는 결과다. 시간의 최소 단위에서는 아예 시간이라는 것이 존재하지 않는다. 시간 속에 양자가 존재하는 게 아니라, 양자가 상호작용하는 것이 곧 시간이라는 말이다. 우리가 경험하는 큰 규모의 시간은 이런 상호작용의 결과를 근사치로 경험하는 것이다. 규모를 넓혀 우주 단위로 보면 우주 전체에 '현재'라는 통일된 시점은 존재하지 않고, 우리가 뚝 떨어져서 지켜볼 수 있는 객관적인 '시간'이라는 것 역시 존재하지 않는다.

그러니 인간은 존재하지 않는 것을 감지하고 그것으로 자신을 규정하도록 구성된 존재인가 보다. 삼각형의 변 중간중간을 잘라도 자연스럽게 전체를 삼각형으로 인지하는 것처럼, 초당 24프레임으로 바뀌는 영상에서는 화면이 불연속적이라는 것을 눈치채지 못하는 것처럼 작은 단위에서는 존재하지 않는 시간도 생생히 연속적으로 느끼도록 만들어졌나 보다. 그걸로 인간은 문명도 발전시키고 심지어는 우리 자신의 인식적인 오류마저도 발견했나 보다. 존재하지 않는 것 위에 존재 근거를 쌓아 온, 인간이라는 존재는.

『차라투스트라는 이렇게 말했다』는
담배 마는 종이가 되어
50장에 소금 1되를 받았고,
70장에 설탕 1되를 얻은 적도
있었다.

헤르타 뮐러, 『숨그네』(박경희 옮김,
문학동네, 2010)

『차라투스트라는 이렇게 말했다』로 돌돌 만 담배를 피우면 무슨 맛이 나려나? 아모르파티의 맛? 영겁회귀의 맛? 보나 마나 맛없겠지. 좀 맛있을 것 같은 책도 있다. 뭐 『정원사를 위한 라틴어 수업』, 『야생의 위로』 같은 거. 종이를 태우면 풀 향기 꽃향기가 날 것 같다. 『음식의 언어』는 의외로 별로일 것 같다. 케첩과 스시와 마카롱 냄새가 한꺼번에 나는 건 좀. 『코스모스』에서는 흙과 바람과 우주의 맛이 날까?

들이마시고, 내쉬고. 들이마시고, 내쉬고. 찌르르 타들어 가는 책의 향을 잔뜩 들이마시고, 그걸 피에 돌려서 만들어 낸 생각을 내쉰다. 증기처럼 퍼져 있는 생각을 액화시켜서 비커에 똑똑 담으면 그게 다시 책이 되는데, 그래서 이 책은 책들이 폐포 구석구석을 돌고 나와 흔적도 없이 사라진 다음 다른 모습이 되어 나타난 결과물이다. 원래의 책에서 유래한 원자들이 희미한 향을 내뿜고 있다. 각자의 코에서 다르게 펼쳐지는 향이.

하나도 빠트림이 없이 매 단계를
기록하려고 안간힘을 쓰는
텍스트는 어쩔 수 없이 진부함과
지루함—독서의 긴장이라는
면에서뿐 아니라 텍스트의
고유한 실체와 관련된 면에서도
또한—에 떨어지게 된다.

테오도어 아도르노, 『미니마
모랄리아』(김유동 옮김, 길, 2005)

094

속된 말이지만, "(예술 할 때) 딸치면 안 돼"라는 말을 들었다고 하는 말을 들은 기억이 선명하게 남아 있다. 예술 하는 사람은 자신을 견디기 위해 예술을 하지만 종내는 자신의 작품을 통해 타인에게 자리를 만들어 주어야 한다는 아이러니에 빠진다. 작품을 향유하는 사람을 위한 공간, 즉 바람이 나고 들 자리가 있을 때 그 작품은 몇 배로 풍부해진다.

그러나 한편으로 예술가는 그 공간을 핑계로 자신의 작품에 지나치게 관대해지지는 말아야 한다는 또 하나의 아이러니에 구속된다. 작품은 내적 완결성을 지녀야 하기 때문이다. 그 완결성을 무너뜨리고 남는 공간은 향유자를 위한 사랑방이 아니라 건설 중인 집의 돌무더기를 쌓아 놓는 마당에 가깝다.

대개는 최선을 다해 꼼꼼하게 집을 지으면 그 사이로 바람은 알아서 나고 든다. 하지만 내가 글을 쓰는 일이 집 안을 벽돌로 채우는 일이라면 어쩌지, 하는 불안함을 떨쳐 버리기는 힘들다. 내가 쥔 벽돌이 집의 벽을 쌓는 데에 쓰이고 있는지 거실 한복판에 쌓이고 있는지를 쌓는 과정 중에는 도통 알아보기 힘들기 때문이다. 어떤 작가들은 그런 데에 특히 눈이 밝은데, 그런 작가들의 책에서는 아주 튼튼한 철골구조와 우아한 마감을 볼 수 있다. 애서가라면 좋아하지 않을 수 없는 책이고 작가라면 부럽지 않을 수 없는 책이다.

그러나 고독한 이는 모름지기
책을 벗 삼아야 한다.

라르스 스벤젠, 『외로움의 철학』
(이세진 옮김, 청미, 2019)

095

그렇다고 해서 책이 외로움을 해결해 주는 건 아니다. 그냥 친구 삼으면 좋다는 말이다. 친구야 하나라도 더 있으면 덜 외롭고, 게다가 책은 뭐 자기 할 일이 있어서 내 말을 들어 주기에 너무 바쁘거나 오늘 애인과 약속이 있어서 나를 못 만나거나 만날 때마다 거나하게 취해야 하거나 그런 건 아니니까. 같은 맥락에서 영화도, 드라마도, 유튜브도 벗 삼기 좋은 친구인 건 마찬가지다.

차이가 하나 있다면 이런 영상 매체들과는 대화를 나누기가 좀 어렵다는 것인데, 그러니까 이 친구들은 내가 뭘 말할 틈을 안 주고 자기 말만 자꾸 하는 것이다. 아니 잠깐만, 잠깐만 내 얘기 좀 들어 봐, 라고 말해도 도무지 아랑곳하지 않고 달려간다. 나는 그게 너무 낯설어서 20대 초반까지 영화를 잘 못 봤다. 우리 이렇게 합의 없이 가는 거야? 그냥 너 할 말만 하고 가는 거야? 두 시간이고 다섯 시간이고 나를 휩쓸고 그냥 가 버리는 저 치들과 자주 만나기는 좀 어렵겠다고 생각했다.

물론 이제는 영화도 드라마도 책과 마찬가지로 내 방구석에서 멈춰 가면서 볼 수 있고 어느 정도 훈련이 되면 보는 와중에도 약간의 대화가 가능하다는 걸 알지만, 여전히 이 친구들은 좀 쌀쌀맞게 느껴진다. 반대로 그게 위안이 될 때가 있다는 걸 알면서도.

그러니 고독한 이가 책을 벗 삼으면 적당히 대화도 할 수 있고 듣기만 할 수도 있고 자기 얘기만 할 수도 있고 언제든 멈출 수도 있다. 뭘 충전할 필요도 없고 연결할 필요도 없으면서도 그 무엇보다 세계와 연결되어 있는 이 믿음직한 벗은 여전히 나만큼 느려서 나의 고독을 안심시킨다. 근현대의 어느 쪽방에서, 중세의 수도원에서, 고대의 왕실에서 책을 읽던 사람의 등과 우리의 등이 겹쳐지므로 우리는 조금 덜 외로워진다.

저는 네이선의 제자로
있다가 결혼했는데,
그 책들을 읽으면
그때 그이가 했던 말들이
생각나니까요.

테드 창, 「옴팔로스」, 『숨』
(김상훈 옮김, 엘리, 2019)

연인이 왜 책에 자신의 이름을 헌사로 넣어 주지 않느냐며 서운해하면 할 말이 없다. 왜 외국책을 보면 속표지 다음 장쯤 한 페이지를 들여 '사랑하는 ○○○을 위해' 뭐 이런 거 쓰지 않나. 그런 걸 은근히 바라기도 했던 모양이다. 뭐라고 답해야 하나. 책은 영원하지만 너와의 관계는 영원하지 않을 수 있으니까……? 너만큼 소중한 사람이 몇 명 더 있으니까……? 책을 쓰는 동안 만나는 사람이 있던 때도 있었는데(정식 출간이 아닌 책도 있다), 그중에는 진심으로 서운해한 사람들도 있다.

머리말이나 에필로그, 혹은 아예 '감사의 말' 코너를 만들어서 사람들에게 감사를 표할 수도 있지만 나는 그런 걸 쓸 만한 성격은 못 된다. 아마 누굴 쓰고 누굴 쓰지 말아야 할지 고민하다가 그냥 다 지워 버릴 것이다. 논픽션이 아니니 책을 쓰면서 자료 도움을 받을 일도 별로 없고, 내가 책을 쓰는 동안 살림을 책임져 주는 사람이 있는 것도 아니다. 굳이 감사를 표한다면 아마 나의 곁에 머물러 주어 나를 정신적으로 받쳐 주는 사람들에 대한 감사가 될 텐데, 그런 걸 공개적으로 쓰는 건 꽤 의미 있고 로맨틱한 일이긴 하지만 공개되는 만큼 쑥스러운 일이기도 하다. 그리고 목록에 못 들어간 사람이 서운해하면 어떡해?

감사는 다이렉트로. 지면을 빌려 하는 것보다 전화로, 문자로, 마주 보고 하는 편이 나는 더 좋다. 네가 있어서 올해를 견딜 수 있었어, 네 덕분에 끔찍한 시간을 견딜 수 있었어, 너와 만나고 시간을 보내게 되어 행복해, 나의 사소한 일상이 굴러갈 수 있는 건 네 덕분이야. 내 맘 알지, 말 안 해도 알지, 같은 말로 뭉치는 거 별로다. 그러니까 나는 직접 말할래. 책도 무엇도 거치지 않고. (역시, 여전히, 메시지를 보내 주세요.)

그때 지니가 독서 클럽이라도
만들어서 늘 읽어야겠다고
마음만 먹고 실제로 읽지 않고
넘어가 버리는 중요한 책들을
접해야 한다고 말했다.

앨리스 먼로, 『런어웨이』(황금진 옮김,
웅진지식하우스, 2020)

✓ 집 밖에 나가는 것을 싫어한다.

✓ 모르는 사람과 이야기 나누는 것을 어려워한다.

✓ 책 읽는 것을 좋아하지만, 내가 읽고 싶은 책만 읽는다.

✓ 일을 미루는 편이다.

　그렇다면 당신도 '겨울서점'을 좋아할 확률이 높은 사람. '겨울서점'은 김겨울이 집 밖에 나가기를 싫어하고, 모르는 사람과 이야기 나누고 싶지 않아 하고, 책은 자기가 좋아하는 것만 읽고 싶어 하고, 독서 모임에 성실하게 나갈 수 있는 사람이 아니라서 시작되었다. 책을 좋아하지만 사람은 싫어하는 내향적 독서가가 얼마나 많던가? 유튜브 채널을 만듦으로써 그들과 랜선으로 이야기를 나눌 수 있으리라는 기대가 김겨울에게는 있었던 것이다.

　그렇게 시작된 겨울서점은 2020년 8월 현재 약 15만 명의 구독자와 함께하고 있다. 책이 나올 때쯤에는 더 늘어났을 것이며 책이 팔리는 동안 별일이 없다면 계속 늘어나고 있을 것이다. 10만 명이 넘는 사람들이 모이는 동안 수많은 사람이 책을 읽게 되었고, 북다트와 핫탭을 사게 되었고, 책에 대한 의견을 나눌 친구를 얻게 되었다. 김겨울에게는 '영업왕 김겨울', '겨노겨노', '겨수님', '겨르미온느' 등의 별명이 생겼다. 그리고 무엇보다, 김겨울과 구독자들은 서로에게 에너지를 주고받는 존재가 되었다.

　이 내향적 독서가들의 모임이 솔깃하게 들린다면, 어느 날 따뜻한 목소리가 듣고 싶어진다면, 왠지 누군가가 말을 하고 있는 것만으로도 위로를 얻는 날을 맞이한다면 겨울서점에 한번 놀러 가 보시라고, 거기 항상 그곳에 머무는 사람들과 목소리가 있다고, 좋은 책과 즐거운 이야기들이 흐르고 있다고 전하고 싶다. 내가 콘텐츠를 만드는 다른 많은 이의 목소리로 위로받았듯이, 당신도 그럴 수 있을지도 모른다고.

책을 만드는 것은
이다지도 고된 일이다.

김먼지, 『책갈피의 기분』
(제철소, 2019)

098

나이 서른에 책을 네 권째 쓰고 있을 줄은 몰랐다. 공저까지 합하면 여섯 권째다. 원래 나의 소박한 소망은 죽기 전에 책 한 권 내보는 것이었는데, 정신을 차려 보니 지금 되어 있는 책 계약을 언제 소화해야 할지를 고민하며 새로 들어오는 출간 제안을 살펴보는 프리랜서가 되어 있다. 제안이 들어오진 않았지만 내가 쓰고 싶은 책의 목록도 남몰래 정리 중이다. 이런 배부른 소리를 할 수 있게 되다니.

책을 여러 권 쓰면서 새롭게 알게 된 게 있다면 책을 만드는 사람들의 입장이다. 읽기만 하는 독자였을 때는 그저 작가만 번쩍번쩍 눈에 보였지만 그 외에도 얼마나 많은 사람의 수고로 책이 만들어지는지 이제는 안다. 책은 저자, 편집자, 디자이너, 인쇄소 직원들의 손을 거쳐 비로소 형태를 갖춘다. 저자의 권능은 원고까지다. 원고조차도 편집자와의 상의를 통해, 또 편집자의 수정을 통해 완성된다. 제목과 표지, 편집디자인의 영역은 말할 것도 없다.

이 책을 다 읽은 뒤 곧바로 책을 덮지 말고 맨 뒤의 판권 면을 한번 살펴봐 주었으면 좋겠다. 이토록 많은 이들이 모여 한 권의 책을 만들어 낸다. 그중에서도 이 책과 이 책의 전작(『유튜브로 책 권하는 법』)을 만들기 위해 저자, 디자이너, 출판사, 인쇄소, 서점 사이에서 부지런히 뛰셨고 뛰실 편집자님에게 (저자의 권능을 발휘하여) 이 지면을 빌려 감사를 전하고 싶다. 이 글을 편집하시면서 얼마나 마음이 살살 간지러우실까? 비어져 나오는 미소를 참기가 힘들다.

애니가 편집자 행세를 하며,
어쩌면 공동 저자 행세까지
하려고 하며 소설에서는
무엇을 어떻게 써야 하는지
한바탕 설교를 해 댈 줄로만
알았다.

스티븐 킹, 『미저리』(조재형 옮김,
황금가지, 2004)

책을 쓸 때마다 매번 머리를 쥐어뜯으며 쓰고 싶은 글과 쓸 수 있는 글 사이를 기어 다닌다. 많은 작가들이 그렇듯 집필에만 몰두할 수 있는 전업 작가는 못 되는 탓에 책 쓰기는 늘 생업과 병행해야 하는 과제이고, 그 말인즉슨 생업과 집필에 필요한 시간과 에너지를 성실히 쪼개야 한다는 뜻이다. 어떤 날에는 일하느라 에너지를 다 쓰고 집에 돌아와 책상 앞에 앉아 가지고는 너덜너덜한 몰골로 엉엉 운 적도 있다. 10여 년 전에 글을 쓰는 사람이 되고 싶다고 생각했을 때만 해도 이렇게 힘겹게 글을 쓰는 인간이 되어 있을 줄은 몰랐는데, 지금은 마감마다 머리털을 뽑아서 그걸로 손뜨개를 하는 작가가 되어 있다. 직장 다니면서 소설 써서 데뷔하고 책 낸 사람들 전부 다 노벨성실상 받아야 한다.

다행히 나만 이런 생각을 하는 건 아닌 것 같다. 숨이 턱턱 막히게 멋진 작품을 쓰는 작가들도 자신의 작품을 두고 '내가 왜 이것밖에 못 썼을까' 같은 코멘트를 달곤 하니까. 아니 그 좋은 작품을 두고 '이것밖에'라고 하시면 어떡해요? 하지만 남의 글을 두고 내가 그렇게 말할 자격은 안 된다. 글 쓰는 사람에게는 자신의 글이 도달했으면 하는 지점이 있는 법이니까. 그러니까 아쉬움과 불평은 글 쓰는 사람의 숙명인 것 같고, 그 어떤 저자도 이 숙명을 벗어날 수는 없는 것도 같다. 한 시절에는 그 시절에 겨우겨우 쓸 수 있는 글이 있고, 내가 몸부림치면서 쓰는 책도 늘 그게 최선이었고, 아쉬움은 거기에 붙는 15퍼센트 팁 같은 것이고, 그 팁을 받아서 챙기는 사람은 조금씩이나마 발전할 수 있을지도 모른다는 가설로 나 자신을 위로하기.

이들 모두는 죽거나
자신과의 끊임없는 싸움에
시달리느라 미완성의
책들을 남겼다.

토마스 기르스트, 『세상의 모든 시간』
(이덕임 옮김, 을유문화사, 2020)

그러니까 아무도 무엇도 완성하지 못했고, 그런 채로 삶은 완결되는 것이다.

차라리 무엇도 완결되지 않는다고 말하는 쪽이 낫다.

한 번도 열리지 않은 뚜껑에 대해 생각한다. 그래서 속에 든 내용물이 오랜 시간 천천히 부패해 가는 모양을 생각한다. 혹은 공기조차 드나들지 못해 부패하지도 못하는 어떤 것들에 대해서도 생각한다. 누구에게도 열리지 않는 완제품. 인간이 다 죽은 세상에 혼자 남아 있는 통조림이 되는 일.

그러니까 맛보고 뱉는 사람이 있을지라도 열리는 편이 낫다. 완성을 기다리지 말고, 나도 너도 다 죽기 전에. 어차피 우리는 조금 있으면 다 죽으니까, 다 죽기를 기다리거나, 다 죽기 전에 하나라도 더 미완성의 작품을 내놓거나 둘 중 하나밖에 없다.

할 말을 다 하려고 시작한 건 아니지만 다 쓰고 보니 시작도 하지 않은 것 같다. 100편의 글을 겨우 써냈는데 다 쓰고 보니 한마디도 하지 않은 것 같다. 다 그렇게 끝나게 될까?

나오는 말
책 사이에서 찾은 나의 자리

젊은 여성 작가, 특히 에세이 작가에게 으레 섬세하고 감성적인 글이 기대되는 분위기 속에서 나는 조금 외로웠던 것 같다. 대학에서 철학과를 다니며 외로움을 느꼈던 것처럼.

이 추상적인 글의 자리는 어디일까?

고향 없는 인간. 나는 글과 음악 사이에서, 예술과 철학 사이에서, 철학과 과학 사이에서, 시와 산문 사이에서, 책과 영상 사이에서, 그리고 꿈과 현실 사이에서 헤매어 왔다. 심리학과에 가서는 철학을 변호하고 철학과에 가서는 심리학을 대변했다. 유튜브에서는 책을 권하고 출판계에 가서는 유튜브를 설명했다. 여성으로 태어나 여성으로 자랐으나 평생 남성이 쓴 철학과 문학에 매료되었다. 그리고 아직은 말할 수 없는 내 안의 분열들. 그게 나를 어디로 데려가는 줄을 모르고. 그게 나를 끊임없이 방출하는 일임을 모르고.

그러나 고향 없는 인간은 자유롭다. 나는 그것을 알기 때문에 고향 없음을 탓하지 않는다.

다른 세계를 상상하고 바란다는 것은 곧 이 세계의 무언가를 부정한다는 것을 뜻한다. 언젠가의 어딘가에 존재할 유토피아에 대한 희망. 역사적 구원에 대한 소망. 나는 소외된 모두가 자리를 가지는 세상을 바라고, 이질적인 것들이 역동하며 새롭게 열어젖히는 세상을 바란다. 동시에 나는 이런 바람이 오만이 아닌지, 혹은 이미 좌절된 희망은 아닌지 의심한다. 그래서 감히 어디에도 발을 붙이지 못하고 동동대는 것이다. '지금, 여기'를 부정하는 사람, 그러면서도 그 부정을 의심하는 사람은 고향에 머무를 날이 없다.

　차라리 모든 곳이 고향인 코즈모폴리턴이라고 해도 좋다. 나는 모든 곳의 자녀가 될 요량이다. 막 탄생한 지구 어느 구석과 고대 그리스의 어느 기둥 옆, 첨탑 높은 교회의 지붕과 메트로폴리스의 빌딩 숲 사이의 모든 곳의 모든 것에 적을 둘 셈이다. 나는 고향 없는 사람들의 역사를 따라다니느라 삶을 다 써 버리는 객인이 된다. 그러므로 나의 스승과 나의 동료는 공중에서 글을 쓰는 모든 사람이다.

　숨쉬기 어려울 정도로 바쁜 시기에 본문 원고를 마무리했다. 일정을 정리하고 잠시 고요에 침잠하는 겨울에 에필로그를 쓰며, 나의 정신이 움직이는 작은 소리를 듣는다. "실제로 그 흐느낌은 결코 멈춘 적이 없었다. 단지 지금은 내 주변 삶이 더 깊이 침묵하고 있어 다시 들리기 시작한 것이다. 마치 낮 동안 도시 소음에 파묻혀 들리지 않았던 수도원 종소리가 저녁의 고요함 속에서 다시 울리는 것처럼."* 지금 나는 나의 소리를 들을 수 있기 때

*마르셀 프루스트, 『잃어버린 시간을 찾아서 1』(김희영 옮김, 민음사, 2012)

문에 슬프지 않다. 공중에 떠 있는 것이 혼자가 아님을 알기에 외롭지 않다.

책의 말들
: 다른 세계를 상상하고 공감하기 위하여

2021년 2월 4일 초판 1쇄 발행
2024년 9월 4일 초판 8쇄 발행

지은이
김겨울

펴낸이	펴낸곳	등록
조성웅	도서출판 유유	제406 - 2010 - 000032호 (2010년 4월 2일)

주소
경기도 파주시 돌곶이길 180-38, 2층 (우편번호 10881)

전화	팩스	홈페이지	전자우편
031 - 946 - 6869	0303 - 3444 - 4645	uupress.co.kr	uupress@gmail.com

	페이스북	트위터	인스타그램
	facebook.com /uupress	twitter.com /uu_press	instagram.com /uupress

편집	디자인	마케팅
사공영, 안희주	이기준	전민영

제작	인쇄	제책	물류
제이오	(주)민언프린텍	라정문화사	책과일터

ISBN 979 -11 - 89683 - 82 - 5 04800

태도의 말들
언제나 사소한 것이 더 중요하다
엄지혜 지음

'일상의 감각'과 '사소한 것'을
중요하게 여기는 인터뷰 전문
기자인 저자가 다양한 사람을 만나
인터뷰하면서 귀 기울인 태도의 말
한마디, 책 속에 담긴 태도의 문장을
모았다. 한 사람에게서, 한 권의
책에서 읽어 낸 태도의 말들을
소개하고 거기서 출발한 단상을
엮은 책이다.

습관의 말들
단단한 일상을 만드는 소소한 반복을 위하여
김은경 지음

좋아하는 일을 지속하기 위해
다사다망한 방송 일과 편집 일을
병행하며 시간을 효율적으로 쓰고
유익한 습관을 기르기 위해 분투해 온
편집자의 에세이. 밑줄 그으며
읽은 책, 치열하게 톺아본 원고,
스크랩해 둔 강연, 새벽 빗길을 뚫고
달려가 감상한 영화에서 누군가의
삶을 지탱해 준 단단한 문장들을
길어 올리고 자신의 하루를 반추하며
떠오르는 단상들을 담백하게
기록했다.
평범한 일상을 성실하게 살아가는
다부진 사람들의 이야기 속에서
독자는 좋은 습관의 필요성과 매일
자신을 한 걸음 더 성장시키는 습관의
힘을 여실히 느낄 수 있을 것이다.

서점의 말들
내가 정말 알아야 할 모든 것은 서점에서
배웠다
윤성근 지음

오랜 시간 서점을 드나들며 그 안에서
오가는 말과 글, 사람들의 생각을
수집하고 결국 책방지기가 된 서점
덕후가 더 많은 사람들이 서점의
진가를 알고 더 깊이 경험하기 원하며
써 내려 간 서점의 이야기. 서점에서만
할 수 있는 것, 서점만이 줄 수 있는 것,
서점에 가야만 느낄 수 있는 것들을
100개의 문장과 단상 속에 담아냈다.

배려의 말들
마음을 꼭 알맞게 쓰는 법
류승연 지음

배려에 대해 제대로 생각해 본
사람이라면 아마 배려가 그다지
쉽지 않은 일임을 알고 있을 것이다.
이 책은 배려가 필요한 여러 가지
상황을 우리 앞에 가져다 놓는다.
구체적인 상황을 제시하면서 타인의
입장에 서 보는 것이란 무엇이며,
선하지만 배려 없는 행동, 단호하지만
충분히 배려한 말이 무엇인지
조목조목 짚어 생각할 기회를
마련해 준다.

생각의 말들
삶의 격을 높이는 단단한 사유를 위하여
장석훈 지음

저자 장석훈은 20여 년간 영어와
불어를 한국어로 옮기는 일을 해 왔다.
그는 생각이란 '공기처럼 흔하고
익숙한 것'이라고 말한다. 그래서
우리는 그 귀함을 모르고 생각을
함부로 부리며, 줏대 없는 생각이
멋대로 나를 부리게 내버려 둔다고.
저자가 보기에 무언가를 헤아리고
판단하고, 마음먹고, 의견을 내고,
정성을 기울이고, 상상하고, 분별하는
일 모두를 아우르는 '생각한다'는
행위 그 자체보다는 무엇을 생각하고,
어떻게 생각할지가 중요하다.
인간에게 주어진 삶을 감당하는 것은
생각의 영역이고, 그 "삶을 어떻게
살아갈지 고민하고" 그 고민을
행동으로 옮길 때 비로소 사람의 격과
삶의 격이 달라지기 때문이다.
저자는 삶의 격을 높이기 위해
고대 중국과 그리스의 철학자부터
셰익스피어, 괴테, 니체, 헬렌 켈러,
아인슈타인, 생텍쥐페리, 카뮈, 한나
아렌트 등을 거쳐 현대의 스티브
잡스까지, 생각에 줏대가 있던
사람들이 무엇을 생각했고 어떻게
생각했는가를 찾아 나선다. 그리고
소설, 희곡, 시, 에세이, 강연, 광고,
기사 등에서 발굴한 생각에 관한
100개의 문장을 톺아본다.